KB140932

그때 하지 않아서
다행이었던⋯ 말

〈어른은 겁이 많다〉 두 번째 이야기

그때 하지 않아서 다행이었던 말

ⓒ 2016, 손씨

초판 1쇄 발행 2016년 7월 15일
초판 4쇄 발행 2018년 9월 3일

지은이 손씨
펴낸이 유정연

주간 백지선
기획편집 장보금 신성식 조현주 김수진 김경애 **디자인** 안수진 김소진
마케팅 임충진 임우열 이다영 김보미 **제작** 임정호 **경영지원** 전선영

펴낸곳 흐름출판(주) **출판등록** 제313-2003-199호(2003년 5월 28일)
주소 서울시 마포구 홍익로5길 59 남성빌딩 2층
전화 (02)325-4944 **팩스** (02)325-4945 **이메일** book@hbooks.co.kr
홈페이지 http://www.nwmedia.co.kr **블로그** blog.naver.com/nextwave7
출력·인쇄·제본 (주)상지사 **용지** 월드페이퍼(주) **후가공** (주)이지앤비(특허 제10-1081185호.)

ISBN 978-89-6596-194-9 03810

이 도서의 국립중앙도서관 출판예정도서목록(CIP)은 서지정보유통지원시스템 홈페이지(http://seoji.nl.go.kr)와 국가
자료공동목록시스템(http://www.nl.go.kr/kolisnet)에서 이용하실 수 있습니다.(CIP제어번호: CIP2016016081)

my 는 흐름출판(주)의 생활·예술·에세이 브랜드입니다. Make Your Life, MY!

〈 어른은 겁이 많다 〉
두 번째 이야기

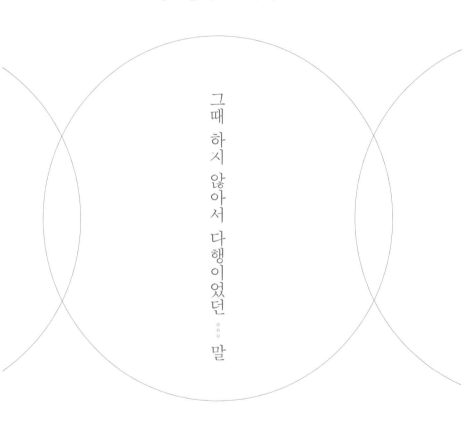

그때 하지 않아서 다행이었던 ⋯ 말

손씨 지음

―――――
살면서 잘하는 일을 찾게 된 사람이 몇이나 될까.
내가 제법 쓸모 있는 작가가 될 수 있었던 건
우리 파란 지붕 아래 식구들과
내게 펜을 쥐어준 제임스.J 덕분이다.
해서 인생에 후회를 조금은 덜었다.

나도 언젠가 당신처럼
누군가를 살려내는 삶을 살겠다.

―――――
손씨

그럼에도 불구하고
그 말을 마음속에 담아두다

책 제목《그때 하지 않아 다행이었던 말》처럼 우리는 살면서 '다행인
순간'들을 여러 번 경험합니다. 나이가 들수록, 회사에서 연차가 쌓일
수록 그런 상황이 많이 생기는 것 같아요. 순간의 감정에 앞서 하려고
했던 말을 꾹 참고 돌아오는 길에 "그래, 그 말은 하지 않길 잘했다."
라고 생각했던 그런 일들이요.
이해하지도 못할 거면서 겉으로는 이해한 척하며, 하고 싶었던 말을
참는 건 힘들었습니다. 그런 날은 온종일 지치고 기운이 없습니다.
"그때 왜 내가 바보 같이 참았을까?", "이제 날 우습게 여겨 무시하진
않을까?" 이런 생각에 사로잡혀 일이 손에 잡히지 않은 날도 있습니
다. 알고 보면 그건 사람을 미워하게 되는 일 중 하나였습니다.

사랑에서도 그랬습니다. '좋아한다' 고백해버리면 친구로도 남지 못
하게 되는 건 아닐까, 혹은 사랑의 시작이 두려워 고백을 미루다 결국
다른 사람에게 빼앗겨버리고, '고백 한 번 미뤘다고 열렬히 사랑했던
자의 형벌로 너무 가혹하다'라며 세상을 원망하는 바보 같은 사람이
되어버리기도 합니다.

그 말 한마디. 고작 그 말 한마디인데 말이죠.

그 외에도 가족이나 친구, 나와 관계를 맺고 있는 사람들에게도 하지 못하는 말들이 많습니다. 나를 이상하게 생각할까, 나를 멀리할까 하지 못하는 말. 그럼에도 두 눈을 감고 감춰두었던 말들을 토하고 싶을 때, 그럴 때가 있습니다. 예를 들자면 이런 말들이겠죠. "사실 난 널 미워해, 너랑 한 공간에서 함께 일하는 게 너무 싫어."라든지. "너를 그 사람보다 먼저 좋아했어. 우리 사이가 멀어질까 봐 고백하지 못했어." 또는 "아버지 사랑해요." 또 뭐가 있을까요? "사실 저 목표 따윈 없습니다. 그냥 돈 벌려고 회사 다니는 거예요.", "저 부모님이 원하시는 대학 가기 싫습니다, 음악하고 싶어요.", "이제 널 사랑하지 않아, 지금 다른 사람을 좋아하고 있어." 등….

어쩌면 우린 우리가 생각한 것보다 훨씬 더 불완전한 존재일 수 있습니다. 좋은 사람, 착한 사람이라는 가면을 쓰고 있다는 것을 인정하는 순간 스스로에게 솔직해지고, 자유로워질 수 있다고 생각합니다. 남에게 내 마음이 감당할 수 없을 정도까지 좋은 사람으로 남으려 하지 말고, 그런 모든 걸 이해할 만큼 좋은 사람이 아님을 인정하고, 조금은 이기적으로 까칠하게 살면 어떨까요?

그럼에도 불구하고 우린 이 혼탁한 세상에서 솔직해지기는 어렵겠죠. 이런 말을 하는 저도 그렇게 살지 못하는데요, 앞으로 어쩔 수 없이 내 마음을 숨기고 살아가야 '하지만', 이 책을 읽는 동안 만큼은 스스로에게 솔직해지는 시간이 되길 바라봅니다.

현실에서 할 수 없는 말들을 가슴 속에 품고 사는 우리의 모습을 글로 담았습니다.

1 ∘∘∘ 생각이
많은 밤

2 ∘∘∘ 소소한 일상
따뜻한 바람

3 ··· 내 눈에 내리는 슬픈 비

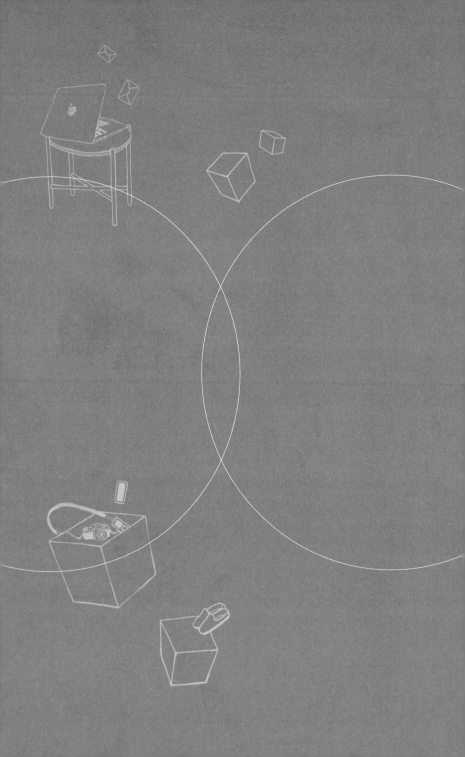

1
⋮
생각이 많은 밤

어른이란
잘못이라는 걸
알면서도
반드시 후회할 걸
알면서도
멈추지 못하는
안타까운
사람들이 아닐까?

#아이나다르게

선배들이 말한 대로
나이를 먹을수록
친구들이 줄어 갔다.

하지만 지금 생각해보면
그들은 언젠가 끊어질 인연이 아니었을까?
나에게 그때가 온 것이고.

친구가 줄어 드는 이유에는
여러 가지가 있겠지마는

친구가 줄었단 건,
나를 평가하는 사람들로부터
자유로워졌다는 게 아닐까.

\# 내 옆에 소중한 사람을 남기는 일

직설적으로 말하는 사람을
대부분 솔직하다고 생각하지만
꼭 그런 것만도 아니다.

그중 일부는 솔직함을 무기로
진실을 뒤에 감추고 있거나
말을 포장할 줄 모르거나
그것도 아니면 그렇게 하기 귀찮아서 그런 것이다.

이들은
난 "솔직하고 가식 없는 사람이야!"라고 자랑스레 말하지만
알고 보면 그건 창피한 줄도 모르고
발가벗고 다니는 어린애와 다름없다.

말은 타인에게 주는 선물인데
포장할 줄 모른다면,

아직도
아이에 머물러 있는 거겠지.

직설적인 사람들

만약 당신의 연인이 '권태기가 온 것 같아'라고 말했다면
나는 당신에게 이렇게 말해주고 싶다.
참 좋은 사람을 만난 거라고.

권태기라고 말하는 건
사랑하면서 겪는 자연스러운 현상을
이성적으로 해결하려고 한다는 것일 테니.

반발하는 사람도 많겠지만
내 생각은 그렇다.

서로의 감정에
최대한 예의를 갖췄다고.

사랑은 감성과 이성의 조화가 이루어져야
아름다울 수 있는 것 같다.

\# 권태기에 대한 고찰

진심이면서 거짓인 말
바라면서도 바라지 않는 말
가장 모순적인 말

"잘 지내."

#또는 축하해

어떤 사람이 너무 미워서 참지 못할 때가 있다.
물론 그 사람도 날 미워하는 게 분명하다.
표정이나 말투를 보면 알 수 있기에.

이런 문제는 우리 일상에서 늘 일어난다.
답을 찾으려 책을 보면 하나 같이 이런 말을 한다.
'나를 미워하는 건 상대방의 문제'
그렇기에 신경 쓸 필요가 없다고 한다.

그런데 그게 가능한 일일까?

상대방이 나를 미워하면
상대에게 어떤 기회가 생겼을 때
나에게 불이익을 줄 수 있다.
그냥 속 편히 생각힐 수 있는 일은 아니라는 게 내 생각이다.
안 보면 그만인 사람이라면 모르겠지만,
매일 얼굴을 봐야 하는 사람이라면….
얼굴만 봐도 너무나 밉다면….

그래서 나만의 해결 방법을 찾았다.
물론 완전히 해결되지는 않는다.
이렇게 생각해버리는 것이다.
"또 안 좋은 생각에 사로잡혔구나."

사람을 미워한다는 것은

그 사람을 계속해서 생각한다는 것이고,
나아가 일어나지도 않은 관계의 문제를 상상해내기 때문에
결국엔 끝이 없는 문제를 푸는 것과 같다.

하지만 사람의 문제가 아니라
안 좋은 생각에 사로잡힌 것의 문제로 바꿔버린다면,
생각만 하지 않으면 되는 간단한 문제로 바뀐다.

생각을 버리는 연습은 간단하다.
상황에 집중하면 된다.
걷고 있다면 걸음에 집중하고,
바람이 불어오면 바람에 집중하고,
음식을 먹고 있다면 혀끝에 집중하고,
쉬고 있다면 고요함에 집중하며,
내 손길이 닿는 모든 것에 집중하면 된다.

날 미워하는 사람을 용서하는 것,
난 그렇게 하지 못한다.
난 그만큼 훌륭한 사람이 되지 못하기 때문에.
그리고 애써 좋은 사람이 되고 싶지도 않고,
그렇게 되라고 권하고 싶지도 않다.
단지 그 사람 때문에 내가 병 들지 않았으면 한다.
나쁜 생각을 하는 것은 병 들고 있다는 증거니까.

미워서 참지 못하겠다면

꿈을 꾸고 있을 때는
그것이 아무리 비현실적이라 해도 꿈인 줄 모른다.

잠에서 깨고 나서야
그게 얼마나 말도 안 되는 꿈이었는지
알아차리게 되지.

잠에서 깨어나 정신을 차리고 나면,
어느 때는 다행이기도 하고
또 어느 때는 그 꿈이 그립기도 하다.

그건 눈을 뜬 채 꾸는 꿈과 다를 바 없었다.

난 일생에 두어 번쯤
현실에서 꿈을 꾼 적이 있다.

꿈에서 깨어난 지금.

그립기도 하고,
다행이기도 하고.

꿈

어른이 되어서 조금 서글퍼진 것이 있다.
당연한 것이지만
친구는 이제 약속을 해야 만날 수 있다는 사실.

친구야 놀자

영국의 극작가 조지 버나드 쇼는 이렇게 말했다.
"청춘은 청춘에게 주기엔 너무 아깝다."
그 말인즉, 청춘은 가장 아름답고 멋진 시기인데
정작 청춘들은 그것을 모르고 헛되이 보낸다는 뜻일 것이다.

만약 조지 버나드 쇼가 살아 있다면
난 그에게 이런 말을 던지고 싶다.

"그러는 당신은 1분 1초를 청춘답게 썼나요?"
"청춘답다는 건 뭐죠?"
"빼곡한 시간표대로 20대를 보내는 걸까요?"
"아깝지 않을 수 있는 청춘을 보내는 방법은 무엇인가요?"

이미 그는 오래 전에 세상을 떠났기 때문에
질문을 할 수도,
질문을 한다 해도 그의 답변을 들을 수 없지만,
그 누구도 청춘을 청춘답게 보내는 방법을
제시할 수는 없을 것이다.

난 청춘을 민들레 홀씨라 치고
그 하나뿐인 민들레 홀씨를,
누가 불어서 날려버리느냐에 따라
후회와 그렇지 않음을 결정짓는 거라 생각한다.

내 하나 뿐인 민들레 홀씨는
내가 불어야지
다른 사람이 불게 놔둬선 안 된다.
그게 부모라 할지라도.

어차피 민들레 홀씨는 누가 불든
목적 없이 떠다닐 뿐이니까.

한 번뿐인 그 순간을
내가 불어야 후회가 없지 않을까?

삶은 날려놓은 민들레 홀씨를 찾아가는 일

공포영화나 슬픈 영화를
보기 전에는
항상 고민스럽다.

영화가 시작되면
분명 몰입할 것이다.

비명을 지르고,
눈물도 흘릴 테지만,
보는 내내 마음 졸이는
영화를 볼지 말지
결정하기란 힘들다.

네가 그렇다.

분명 너를 사랑하지만
널 만나면
내가 너무 힘들 것 같다.

이젠 자막을 놓쳐도
내용이 이해가 되는
결론이 뻔히 보이는
로맨틱 코미디 영화 같은 사람을 만나고 싶다.

난 어떤 영화일까?

어둠속에서
나아가기 위해서는
빛이 필요하지만
빛은 안타깝게도
그림자를 만들어낸다.

#꿈을 위해 포기해야 하는 것들

자신을 사랑할 줄 모르는 사람을
사랑하는 것은
여간 어려운 게 아니다.

사랑받는 것에
'왜?'라며 의심하고
이유를 만들어 밀어내기 때문에.

사랑에는 조건이나 이유가 없는 것인데….
이유를 알고 싶다니…
그건 답이 없는 문제를 풀라고 하는 것이나 다름이 없다.

그래서

나 자신을 먼저 사랑해야 하는
이유가 여기 있지 않을까?

날 사랑한다는 데
의문을 단다는 것은….

안타까운 일

인생에 한 가지 잔인한 사실은,
내가 겁을 먹고 숨어 있는 순간에도
시간은 봐주지 않고 흘러간다는 것.

냉정한 세상

회사 화분에 물을 주려 하니
물을 주지 말라고 말리더라.

꽃이 활짝 피어
참으로 보기 좋았는데,
이미 뿌리가 썩어서
죽어가고 있다고 한다.

내 주위 행복해 보이는 사람들,
그들이 정말 행복한지는 아무도 모를 일이다.

애써 웃고 있는 것인지도 모른다.

속을 봐야 한다.

사실은 힘들죠?

낡디낡은 책상을 사용하는 시인을 만났다.
처음에는 글만 썼는데,
글로만 먹고 사는 것은 어려워
출판사에서 일을 시작해 대표까지 되었다고 한다.

지금까지 시집을 비롯해
이런저런 책까지 서른 권이 넘는 책을 냈는데,
전부 별 볼일 없는 책이라며
부끄러워하는 겸손한 사람이었다.

이런저런 글에 대한 이야기를 나누다 보니
어느덧 찻잔 바닥이 보였고,
난 이때다 싶어 대화를 나누는 내내
궁금한 것을 물었다.

"선생님이 정의하시는 '시'는 뭔가요?"

시인은 한참 뜸을 들이다 답을 주셨다.
나에게 누군가 "시는 뭐예요?"라고 묻는다면
나도 그렇게 대답을 해주고 싶다는 생각이 들 정도로 좋았다.

답인즉,
"사랑하는 사람에게 사랑해라고 쓰는 건 그냥 글이고,
사랑한다는 것을 느낄 수 있도록 글을 쓴다면
그게 시라고 생각합니다."

맞다.
사랑은 사랑을 느끼도록 해줘야 하는 것인데,
난 그런 노력이 귀찮아
입으로만 "사랑해."라고 하는
보여주기 식 사랑만 하지 않았을까?

난 아직 멀었다

가장 슬픈 날에는 글을 쓰지 않는다.
그런 날 글을 쓰면 감정에 너무 치우쳐
다음날 보면 이게 글인지 낙서인지 모를 때가 많다.

사회 생활에서도 그렇다.
당시에 좋은 아이디어도
다음날 생각해보면
'아, 지금 생각해보니 별로네.' 하는 경우가 많다.

한순간의 감정에 속아
함부로 결정을 하거나
손을 내밀면 안 된다.

당시에 놓치는 것들은
언제든 놓치게 되어 있다.

\# 순간의 감정에 속아

무언가를 얻으려 미친 듯이 달려왔는데,
멈춰버렸을 때
그때의 공허함이 두려운 거지?

좇을 게 없어진 사실이
실패보다 두려운 것이겠지.

왜 힘든 줄 알아

빌린 돈을 갚지 않고
오래 가지고 있다가
돌려주려 하면
꼭 내 돈을 주는 것처럼 아깝다.

사람 마음도 그렇다.
내 곁에 오래 머물던 사람이
떠난다 하면
왜 그제야 아까운 걸까.

처음부터
내 것이 아니었는데.

못된 심보

예전에는 그냥하고 싶어서
해봤다고 하면
대책없어 보였는데
이제는 그 용기가
왜 이렇게 부러울까?
어른이 실감되는 날이다.

#실감

나를 깎아 너를 닮아 가는 일이
과연 의미가 있을까?

변화일까, 변형일까

우린 연애를 하고 싶어 하지만
연애를 망설이는 한 가지 이유가 있다.

바로 안전한 내 일상의 패턴이 깨진다는 것.
다른 말로는 내 삶에
다른 사람이 들어온다는 것.
그것이 두려운 것 아닐까?

아침이면 일어나 회사를 가고
퇴근을 하면 나만의 시간을 갖고
정해진 시간에 눈을 감는
반복되는 일상을
우리는 지겨워하면서도
안전한 이 삶에서 벗어나고 싶지 않아 한다.

지금처럼 이대로 살면 아무 일 없을 텐데
날 뒤흔들 사람이 나타나 노크를 하니

좋다가도
두려운 거지.

만남을 미루는 사람들

대부분은
사과를
자신의 죄책감을 더는 만큼만 하는데,

사과는
상대방이 원하는 만큼 해야 하지 않을까?

유감이다

난 무라카미 하루키 글을 좋아한다.

《상실의 시대》로 하루키의 글을 처음 접했다.
그 당시 군인 신분이었던 나는,
위병소 밤샘 근무를 할 때마다
호롱불 같은 작은 등을 켜놓고
《상실의 시대》를 읽어내려 갔다.

분명 눈으로 책을 보고 있었지만,
책 속의 주인공들이 위병소를 찾아와
상황을 귀에 대고 읽어주는 것 같았다.

책을 읽을 때면,
창밖에 눈은 쌓일 대로 쌓여
누구도 드나들지 못하도록
책과 나를 가둬놓은 것 같았다.

어느덧 마지막 장을 넘기며
옆에서 졸고 있는 후임병에게
"하루키가 왜 유명한지 알겠다."라며,
허세 가득 찬 목소리로 말했던 것이 생각난다.

지금도 하루키의 에세이를 읽을 때면
별거 없는 일상의 넋두리 같지만,
마치 대단한 글을 읽는 것처럼 느껴진다.

왜 그럴까?

만약 유명하지 않은 작가가 이 글을 썼다면
지금처럼 똑같이 재미있다고 느낄 수 있을까?

이건 잘못된 편견 중 하나일지도 모른다.

별거 아닌 행동 하나에
좋은 의미를 부여한다는 것.

반대로 누군가를 싫어하면,
별거 아닌 행동 하나에
나쁜 의미를 부여하는 것처럼.

어쩔 수 없는 편견

졸업을 해도 문제, 안 해도 문제
직장을 다녀도 문제, 안 다녀도 문제
연애를 해도 문제, 안 해도 문제
결혼을 해도 문제, 안 해도 문제
아이를 낳아도 문제, 안 낳아도 문제

문제 속에 살고 있는 우리가
문제 없는 삶을 원한다는 자체가 문제.

이래도 문제, 저래도 문제

손씨 :
"어차피 문제."

왜 연애를
하지 않느냐고요?
사랑을 믿긴 하는데
사람을 못 믿겠어요.
못 믿을 사람에게
알면서 빠져 드는게
두려운 거죠.
그래서 못해요.

#그래도 사랑을 믿어요

요 며칠간 글을 쓸 수가 없었다.

내 나름 솔직하게 글을 쓴다 생각했지만
실상 내 행동은
먹은 걸 다 토해낼 만큼 가식적이었다.
그걸 알아차린 후에
아무것도 할 수 없었다.

아버지는 십 원 하나 훔쳐 거짓말을 하나
만 원을 훔쳐 거짓말을 하나
똑같은 거짓말이라 하셨다.

거짓말은 유일하게
크기와 상관이 없다.

해서 난 무엇 하나
종이에 적을 수 없었다.

내가 사는 삶을 간단히 만드는 방법이
유일한 해방이란 생각에
청소를 하려 집 안을 둘러보니
버릴 건 나였다.

버릴 건 나였다

마음에 품고 있는 사람을
우연히 만나면 어떻게 될까?

죄인처럼 숨게 되는 것 같다.

아마도 짝사랑은
죄를 짓는 일이지 않을까?

너를 훔쳐 몰래 품고 다니는 일.

너를 속이는 일이고,
또 나를 속이는 일이기도 하고.

하지만 무죄

나에게 당신은
처음부터
어른으로 태어난 것 같았다.

넓은 어깨
두툼한 손과 발로 날 이끌던 당신과
내게 젖을 먹이던 그녀는,
나와 같은 아이일 때의 모습을
상상할 수 없게 만든다.

그래서 난 당신은
처음부터
어른으로 태어났다 생각했다.

그런데
어찌 된 일인지
신이 놀리는 건지
아니면 세상이 거꾸로 돌아가는 건지

내가 어른이 되어갈수록
당신은 아이가 되어가네.

처음부터 어른으로 태어난 것 같아서

아버지는 말씀하셨다.
노력해서 안 되는 것은 없다고.
난 그 말에 믿음을 심었고
그 믿음은 제법 오래갔다.

어릴 적 미술을 하면서
좀 더 커서는 음악을 하면서
어른이 되어 창업을 하면서
그 믿음이 이루어질 거라 생각했지만,

어느 순간 그 믿음 속에서 심술궂은 도깨비가 튀어 나와
"그 말을 세 번이나 믿다니!"라고 큰소리를 치고는
울퉁불퉁한 방망이로 내 머리를 내리쳤다.

난 엉망이 된 얼굴을 가린 채
울면서 집으로 뛰어가
왜 날 낳았냐며
부모님을 향해 소리질렀다.
부모님을 원망했던 그 날이 떠오른다.

그렇다,
난 재능 있는 작가가 아니다.

작가는 스스로에게 날카로운 질문을 던져
의미 있는 단어를 만들어내고,

문장마다 이해 요소를 가지고 이어가며
글을 노래할 줄 알아야 하는데….
그건 노력한다고 될 수 있는 것이 아니다.

난 자주 그런 생각을 하며 걷는다.
그리고 무엇 하나 확실하게 주지 않은 세상을 원망한다.

그런데 밤이면
매일 펼치는
때가 탈 대로 탄 노트는
왜 항상 날 반기는 걸까.

재능

혼자 산 지도 벌써 7년이 됐다.
처음엔 이렇게 오래 혼자 살 거라 생각하지 못했는데
어느덧 시간이 흘러버렸다.

처음부터 "너 혼자 7년을 살아야 해."라고 했다면 짐일랑 쌌을까?
보태어 "살아가는 것도 녹녹치 않을 거야!"라고 했다면
살아갈 엄두도 못 내지 않았을까.

사람들은 미래를 알고 싶어 미신에 의지하기도 하지만,
내일을 예견할 수 없다는 것은 다행일지도 모른다.

스물넷 당차던 어린 내 모습이 지금도 기억이 난다.
옷가지만 싸 들고
"멋진 인생을 살아보겠어!"라며
겁 없이 기차에 올라타던
그때의 내가 있었기에
지금의 내가 있는 것 같다.

사는 건 너무 힘들다.
하지만 내일은 좋은 일이 있겠지 하며
오늘을 웃어넘기는 것이야말로
인생을 살아가는 가장 좋은 팁이 아닐까.

몰라야 좋은 것들

인간관계를 맺는다는 것은
미워하는 사람을 한 명 더 만드는 게 아닐까?

시작과 다르게 관계의 끝은
질투나 시기로 마침표를 찍는 경우가 많았다.

사회생활을 하면 할수록
사람을 대하는 방법이 느는 게 맞는데,

방어한다는 명목으로
왜 점점 더 가식적으로 사람을 대하고
경쟁자로 생각하고
웃음 뒤에 내 감정을 감추는 것인지.

이건 분명 잘 살고 있는 것이긴 한데
잘못 살고 있는 것 같다.

\# 정해진 관계의 끝

누군가 글을 잘 쓰는 방법 중 하나는
강조문을 넣지 않는 것이라 했다.

정말, 엄청, 진짜….
이런 단어를 자주 사용하여 글을 쓰다 보면,
정작 써야 할 문장에는 강조문의 의미가 발휘되지 못한다.
결국 그 문장은 힘을 잃어버린다.

생활에서도 마찬가지다.
내 부탁을 들어주지 않을까 봐,
내 말에 집중해주길 바라는 마음에서
우리는 진짜, 정말이라는 말을 많이 쓴다.

"진짜 맛있어."
"진짜 새밌어."
"정말 사랑해."

이렇게 내 말을 강조하면서 말하는 것은
어떻게 보면 좀 안쓰러운 일인 것도 같다.
굳이 그렇게 말하지 않아도
나에게 신뢰를 가지고 있는 사람이라면
무심코 흘렸던 내 말 한마디도
귀 기울여 기억하고 있지 않을까?

양치기 소년

병은 걱정하는 사람이 많을수록 빨리 낫고,
꿈은 걱정하는 사람이 많을수록 빨리 접힌다.

#기대에 부응하기 위해 살기 때문에

초등학교 2학년 때
아버지가 자전거를 사주셨다.
자전거 손잡이 중앙에 판다 인형이 붙어 있는 자전거였다.
아버지는 자전거 하단에 전화번호를 큼지막하게 쓰셨다.
난 창피하다며 반대했지만
아버지는 잃어버리면 못 찾는다며 기어코 쓰셨다.

자전거의 기억을 조금 더 떠올리면,
열 살 내 키로 탈 만한 자전거는 아니었던 것 같다.
아마 아버지는 내가 자랄 것을 예상하고
그런 자전거를 사주셨던 것 같다.

어린애들이 타는 자전거가 다 그렇듯이
보조바퀴가 양쪽에 달려 있는데,
어느 날 아버지가
'보조바퀴를 떼고 타보지 않겠니?'라고 말씀하셨다.

왠지 어른이 된 듯한 기분에 좋다고는 했지만
내심 두 개의 바퀴로만 타야 한다는 사실이 두려웠다.

아버지는 뒤에서 자전거를 잡아주셨고
난 아버지에게 놓지 말라며 신신당부를 했다.

그렇게 서너 번 넘어지다
아버지에게 왜 중간에 자전거를 놓았냐며 볼멘소리를 하고,

다친 무릎을 보여주며 토라지기도 하고,

그렇게 또 서너 번을 넘어지다 보니
어느덧 자전거를 혼자 탈 수 있게 되었다.

"절대 놓지 않을게."라는 아버지의 한마디,
난 그 말을 철석 같이 믿었기에
두발 자전거를 탈 수 있었다.

지금도 설레고 두려웠던 그 순간이 기억난다.
"지금도 날 잡고 있겠지?"
"지금도 날 잡아주고 있으니까 이렇게 탈 수 있잖아."
"지금도 날…."
"지금도 날…."

언젠가는 혼자 타야 할 때가 올 거란 걸 알고 있지만,
괜히 당신이 미워지고
내가 슬퍼지는 이유다.

늙어가는 당신을 보면서

《어른은 겁이 많다》를 출간하고 나서 라디오 방송에 몇 번 출연한 적이 있다. 첫 방송은 생방송이었는데, 방송도 생방송도 처음인 탓에 긴장하여 단답형으로만 대답하고 말았다. 그런 나 때문에 진행자가 고달파 했던 기억이 난다. 방송국이 처음이라 여기저기 둘러보며 신기해하는 나에게 진행자는 이것저것 친절하게 설명해주었다. 그중 기억에 남는 것이 있다.

작은 모니터 화면에 청취자 메시지가 실시간으로 올라왔다. 진행자는 그런 나를 보며 이렇게 말했다. "신기하죠? 이제는 익숙한 번호들이 있어요. 답변을 받는 것도 아니고, 소개를 해주는 것도 아닌데 매일 이런저런 메시지를 보내요." 진행자의 말이 끝나자 "답변을 받는 것도 아닌데 왜 보내는 걸까요?"라고 물었다. 그는 "그냥 무언가를 털어놓고 싶어서 그런 것 같아요. 비밀이 보장되잖아요."라고 했다.

순간 영화 〈her〉가 생각났다. 한 남자가 스스로 느끼고 생각하는 인공지능 체제인 '사만다'와 사랑에 빠지는 내용을 담은 영화. 남자 주인공이 사만다에게 속마음을 털어놓는다는 스토리가 왠지 라디오 청취자들의 이야기와 닮았다는 생각이 들었다.

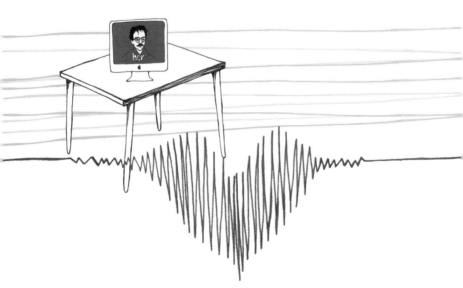

우린 가까운 사이인 가족이나 연인, 친구에게 하지 못하는 말이 있다. 나를 이상하게 생각하거나 멀리하게 될까 하지 못하는 말들. 그런 말을 듣고도 끝까지 내 편이 되어줄 수 있는 그런 상대가 라디오 청취자의 문자메시지나 영화 〈her〉에 나온 사만다가 아닐까 싶다.

이렇게 우린 무언가를 털어놓고 싶어 한다. 세상 모든 사람이 나에게 등을 돌려도 "너라면 분명 그럴 만한 이유가 있었을 거야, 넌 괜찮은 거야?"라고 오히려 나를 걱정하는….

귀가 두 개고 입이 하나인 이유는 많이 듣고 적게 말하라고 그렇다는데…. 하지만 그럴 때가 있다. 두 눈과 귀를 막고 감춰두었던 말들을 토하고 싶을 때가. 하지만 내가 그러고 싶다면 먼저 내가 그런 사람이 되어야 하겠지? 이러나저러나 슬프구나.

내 비밀은… 말이지

연애할 시기,
그 '시기'가 와서
연애든 결혼이든 한다는 말을 싫어한다.

좀 극단적이지만
그 시기가 아니면 헤어져야 한다는 말 같아서.
배배꼬인 내 성격 때문인지는 모르겠지만….

시기가 맞아서 만나야 하는 게 아니라,
내가 선택한 사람이니
권태기나 불안한 시기가 다가와도
믿음을 갖고 견뎌내야 하는 게 내 생각이다.

예를 들면 이런 것 아닐까?

"전쟁터로 갑니다. 꼭 살아서 돌아오겠습니다."

또는

"꼭 살아서 돌아오세요. 기다리고 있겠습니다."

돌아올 줄 알았어요, 저도 기다릴 줄 알았어요

필연 : [명사] 사물의 관련이나 일의 결과가 반드시 그렇게 될 수밖에 없음.
     [부사] 틀림없이 꼭.

일부 사람들은 자신이 가질 수 없는 것,
또는 이룰 수 없는 것을 비난한다.

그러니 이유 없이
나를 욕하는 사람들이 존재하는 것을,
필연이라 생각하면 편하다.

신경 쓰지 마

'어른을 포기한다'

어른으로 사는 걸 포기하기 위해서는
인감 도장과 신분증을 준비해서 시청으로 간다.
성인포기서를 작성하고 한 달 이내 재판을 받는다.

재판은 주로 점심 먹고 오후 두 시경에 이루어진다.
신청자가 많아 1분이라도 늦으면
한 달을 또 기다려야 하기 때문에
늦으면 타격이 크다.

포털사이트에 '성인포기 재판 판사 예상 질문'이라고 검색하면
예상 질문이 자세하게 나온다.
때문에 준비만 잘하면 된다.
참, 인감 도장과 신분증을 꼭 챙겨야 한다.

고정 질문은 이렇다.
"피고인은 왜 성인이길 포기합니까?"

합당한 이유를 잘 말하면,
짧으면 석 달, 길면 2년 동안
성인이길 포기할 수 있다.

그동안은 대출 상환기간을 늘려주거나,
다시 학교 생활을 하기도 하고,

수학여행도 가고,
운동회도 하고,
희망하는 사람에 한해서는
야자도 할 수 있다.
물론 급식도 먹고 기숙사 생활도 한다.

그 전에 판사가 하는
"당신은 왜 성인이길 포기합니까?"
라는 질문에 무엇이라 대답할래?

더 이상 버틸 수 없어요

사회생활을 할 때나
연애를 할 때나
우리 주변에서 자신의 부당한 처우를 말하지 못하고
끙끙 앓는 사람이 있다.

물론 나도 비슷한 성향을 가졌지만
그런 사람들의 특징은 끙끙 앓다
혼자 결정을 한 다음 통보를 해버린다는 것이다.

그리고 그 행동 뒤에는
"내가 얼마나 힘들었는지 알아?"
라고 피해자처럼 말하지만
사실은 그 사람 잘못이 더 크다.

말하지 않아도
내 마음을 알아서 고쳐주길 바라는 것.

그건 즉 상대방이 자신을
상처주도록 내버려두는 일이기도 하니까.

피해자 아닌 가해자

화려한 말 뒤에는 가시가 있고,
솔직한 말 뒤에는 상처가 있다.

사람과의 관계가
어려워지는 이유가
여기에 있다.

어떤 말이 진실인가요. 진실이 있긴 하나요?

존경하는 사람에게 존댓말을 쓰지만
왜 그에겐 존댓말을 쓰고 싶지 않을까?

가장 존경하는 인물임에도
반말을 하게 된다.

반말을 하는 이유는,
내가 존댓말을 쓰는 순간
그가 거리감을 두는 걸로 오해해
섭섭해할 것 같고.

또 난 영원히 당신에게는 아이이고,
당신은 여전히 젊다는 것을
반말로써 지켜주고 싶다.

그래서 가장 존경하는 사람임에도
나는 오늘도 반말을 한다.

엄마 밥 줘

오늘이 아니면
다시 볼 수 없을 것 같아
손으로 떨어지는
벚꽃잎 하나 쥐려 하니
바람이 가져가버렸다

욕심이 짙들면 가질 수 없는 것들

역시나 예외는 없었다.

싼 건 싼 값을 했고,
비싼 건 그만한 이유가 있었다.

겉만 멀쩡하던
중고 오토바이는
금방 고장이 났고,

쓸데없이 비싼 구두는
발이 정말 편했다.

평점이 낮은 영화는
역시나 지루했고,

좌석이 채워지지 않은 연극은
이번엔 다를 거란 기대와 달리
준비가 부족한 티가 났다.

사람이라고
다를 바 없었다.

이번엔 다를 거라는 나의 믿음은
역시나 쉽게 깨지고 말았다.

이렇게 세상 이치는
크게 벗어나지 않는다.

싼 건 싼 값을 한다.
사람이라고 예외 없을 뿐이고.

\# 싸구려

지금 생각해보면
몸이 아프면 학교쯤 한 번 빠져도 됐다.

인맥을 넓힌다고 기를 쓰고
마음에도 없는 친구 안 사귀어도 됐고

회사에서 살아남으려
힘이 있는 직장 상사에게 붙어
마음에도 없는 아부 떨지 않아도 됐다.

좋은 사람으로 보이려
어느 곳에서든 인정받으려,
마음이 시키지도 않은 행동을 하며
나를 희생할 필요가 없었다.

그때는 그렇게 하지 않으면
뒤처져 도태되는 줄 알았는데….

좀 더 나를 위해 이기적으로 살았어도 됐다.
아니, 그렇게 살았어야 했다.

물론 앞으로도 그럴 것 같고.

난 이기적으로 살기로 결심했다

투박한 머그컵이든
얇은 와인잔이든

떨어지면
깨지기 마련인데,

사람들은
왜 투박한 머그컵을
함부로 대하는 걸까.

상처받기는 매한가지인데.

너 실수하고 있는 거야

평생을 한 가지 일만 하셨던 아버지께 물었다.
"아버지는 다른 일을 해보고 싶지 않으셨어요?"

아버지는 젊은 시절 해군이 되고 싶었다고 하셨다.
"왜 해군을 포기하셨어요?"라고 물으니
당장 가족을 책임질 수 있는 사람이 없어서
해군을 포기할 수밖에 없었다고 하셨다.

그 후로는 생계가 급해
다른 길을 갈 '선택권'이 없었단다.

그런 것 같다.
성공한 사람들은
하고 싶은 일이나 잘하는 일에 도전하고,
경험해보길 권하는데,

경험할 수 있는 그 '선택권'이 모두에게
공평하게 주어지기나 할까?

내일이 급급한데
꿈일랑 사치겠지.

돈으로 살 수 있는 선택권

어릴 때는 쉽게 했던 사과를
이젠 내가 잘못해도
쉽게 하지 못한다.

"아니, 뭐하러 해?
 안 보고 말지."

이런 생각은
자존심이라기보다는
사람과의 관계에 너무 지쳐 있어서가 아닐까?

쉽게 포기하는 사람들

어릴 때는
엄마 아빠가 내 마음을 알아줬으면 해서
머리맡에 일기장을 두고 잔 적도 있었지.

지금 난 왜 SNS에 글을 쓰는 걸까?

마음을 숨기는 방법은 복잡한데,
알아달라는 방법은 너무나 단순한 것 같다.

날 좀 안아줘

행복한 시간은 빨리 흘러가.
눈 한 번 깜빡이면 벌써 해가 지지.

그런 사람들에게는
끝나가는 인생이 아쉬울 거야.

그렇지 않은 사람들에게는
그저 빨리 끝났으면 하는 지겨운 하루일 것이고.

어느 쪽이 더 후회스러울까?

아마 그걸 결정짓는 건
분명 유치한 사랑 따윈 아닐 거야.

놀이기구에 비유해도 되려나?

더 타고 싶지만
이제 그만 내려와야 하는 게 괴로울까?
반대로 드디어 끝나는 것이 괴로울까?

공평한 인생

어머니는 흐르는 세월을 거스를 수 없다 하셨다.
늘어나는 주름을 사랑해야 하고,
듬성듬성 나는 흰머리는 아껴야 한다 하셨다.
늙는 건 한 인간으로 완성되는 과정이라 하셨다.

모든 것은 변하기 나름이다.
단, 좋게 변하는 것과
나쁘게 변하는 것뿐.

헌데 나에게 속하는 것들은
왜 죄다 슬프게 변해 떠나는 것일까.

좋게 떠날 수 없다면
적어도 날 떠나는 것들을
굳이 잡아
늦추지 말아야 겠다.

어렸을 때는 살아간다고 생각했지
죽어간다고 생각하지 않았다.

세상을 스물세 번 살아냈을 때
살아가던 친구 둘이 멈췄다.

나는
그때 나 혼자 했던 약속대로
이 더러운 세상을 좀 더 살아내야 한다.

그날은 저런 쓸데없는 생각으로
뒤꿈치가 해지도록 걸었다.

걷는 것만으로
뜨거운 숨이 나오도록
그리 걸었다.

그 덕에 해 지는 하루를 봤다.
지는 해가 아쉬웠지만
나와 멀어지는 해를
굳이 늦추려 하지 않았다.

[#] 하루 더 살아내기

〈After the Misdeed(악행 후)〉
장 베로 그림은 너무 그림 같아서 그렇게 좋아하지 않는다.
그런데 그의 그림은 하나 같이 드라마 같은 사연이 있는 것 같다.

〈After the Misdeed〉의 작품을 보면,
신경 써서 땋은 머리와 단정해 보이는 옷을 입고
붉은 방, 붉은 소파에 파묻혀 울고 있는 한 여인이 있다.

자세히 보면 얼굴에 하얀 손수건도 있고,
쿠션은 엎드려 울기 딱 좋은 크기와 위치에 놓여 있다.
마치 자신이 울 것을 예견한 것처럼.

그림 속 여인은 말한다.
"난 왜 이렇게 못된 걸까, 난 최악이야."라고.
아마 태연한 표정으로
자신의 일부가 떨어져 나갈 것 같은
잔인한 이별 통보를 했던 모양이다.
그러고 나서 소파에 엎드려 손수건으로 입을 막고
꾸역꾸역 참았던 눈물을 소리 없이 터트렸을 테고.

우리도 이처럼 살면서 어쩔 수 없는 결정을 할 때가 있다.
이익보다 손해가 더 클 때,
나 한 사람보다는 다수의 의견을 따라야 할 때,
내 꿈을 위해서 소중한 것을 뒤로해야 할 때,
그 어쩔 수 없음에 마음이 무너질 때가 있다.

그림 속 여인의 슬픔을 어느 정도 알 것도 같다.
준비된 어쩔 수 없는 악행은,
갑작스럽게 찾아오는 슬픔보다
더 고통스러운 것 같다.

준비된 악행

그림 | 〈After the Misdeed, 1885, Jean Béraud〉

사람 괜찮아 보여
진지하게 만나려 하면

그 순간 단점이 보이면서
마음이 식어버리더라.

어느 순간부터
이렇게 된 건지 모르겠지만,

추측해보면
이제 결혼까지 생각해야 하니
이렇게 된 것 같다.

\# 결혼은 완벽해야 하니까

답답한 마음이 사라지니 비로소
마치 누군가 꾸며놓은 듯한
별과 달이 떠 있는 하늘이 보이고,

가로등은 나를 비추고,
귀에 꽂은 이어폰에서는
그날의 나와 어울리는 음악이 흘러나왔다.

문득 쓸데없는 상상을 한다.
이 모든 것은 모두 날 위한 무대가 아닐까?

힘든 삶,
풀리지 않는 사람과의 갈등이
이미 짜여진 각본이라면,

그렇다면 내 인생은
별다른 사건이 없는,
있어도 너무 뻔하고 시시한 드라마가 아니었을까?

아니면 너무나 가혹한 드라마일까?

좋은 책을 읽으면
절대로 나쁜 생각을 할 수 없다고 했다.

난 사람을
책이라 생각한다.

추리소설 같은 속을 알 수 없는 사람도 있고,
자기계발서 같은 올곧고 배울 것이 많은 사람도 있다.
안 좋은 책도, 사람도 분명 존재한다.

이렇듯 세상은 도서관이다.
우린 자의에 의해, 타의에 의해
사람을 읽게 된다.

서론만 보고 뺀히디머
덮어버리는 오류를 범하기도 하고,
반대로 끝까지 참고 읽다
실망하기도 한다.

그러나 우리는
읽기를 멈추면 안 된다.

책을 읽음으로써
내 이야기를 써내려갈 수 있다.

우린 살면서 어떤 책을 만나고
어떤 이야기를 읽게 될까?
또 어떤 이야기를 담게 될까?

표지만 보고 선택하는 일은 아쉬운 것 같다.

당신은 어떤 이야기를 품고 있나요?

어제 저녁 약속,
시간이 조금 빠듯한 탓에 택시에 올라탔다.

택시 안에는 기사님 취향의 70년대 노래가 흘러나왔다.
나름 귀에 익은 노래라 흥얼거리면서 따라 부르고 있었는데
내 앞 좌석에 붙어 있는 문구를 보았다.

생각하는 길이 다를 수 있습니다.
원하시는 길이 있다면 미리 말씀해주세요.

때마침 기사님이 이런 말씀을 하셨다.
"이쪽으로 돌아갈까요?"

우리는 부탁을 들어주지 않을 거란 생각에
타인의 행동을 이해하지도 못할 거면서,
끙끙하며 참다 지레 먼저 화를 내서 상처를 주곤 한다.

어느 때는 다름을 인정하지 못하고,
세상에는 이상한 사람들이 참 많다고 생각한다.
아니, 그건 세상과 섞이지 못하는
나 자신을 인정하기 싫은 것일지도.

나에게 저 문구가 와 닿은 건,
서로 다름을 알면서도 말하지 않았다는 것
혼자만 아팠던 적은 나 뿐만이 아니었다는 것
마음으로는 이미 알고 있었다는 증거가 아닐까.

말을 하지 그랬어, 우린 살아온 길이 달랐잖아

아버지와 항구 주변으로 낚시를 갔는데
주변에 공업단지가 즐비했다.

나는 주변에 공장이 많으니
바닷물이 더러울 거라 생각했다.
그래서 아버지에게 물었다.
"아버지, 이곳은 고기를 잡기에 물이 좀 더럽지 않을까요?"

아버지는 이렇게 말씀하셨다.
"바닷물은 빠졌다 다시 들어오기 때문에 괜찮단다."

그 말인즉 바다는 밀물과 썰물이 반복되기 때문에
항상 처음처럼 깨끗하단 말이었다.

나도 바다처럼 버리면 될 것을,
비우면 끝날 것을,
스스로 가시를 품고 있어 괴로워하는 것 같다.

바다에게 배운다.

미련 없이 밀어내고
거침없이 받아들이는 것을.

너무나 어려운 일이지만 해야 할 일

말끝을 올렸으니
질문인가요?
조심해요.
오해한단 말이에요.

#쓸데없는 희망을 갖게 한단 말이죠

난 어릴 적부터 이런 말을 들어왔다.
"넌 장손이니까."
"넌 아들이니까."
그 말에 걸맞게 집안에서
VIP 대접을 받았던 것 같다.

하지만 시간이 흘러 자유와 함께
책임감이라는 바통을 손에 쥐게 되었을 때,
내 얼굴이 그랬듯이
사람들의 얼굴도
변하는 것 같다.

미소를 잃거나
애써 웃거나.

세상이 그려놓은 라인을 따라
언제 끝날지 모르는 레이스를 계속해야 하는데
웃음이 나올 리가 없지.

그래서 우리는
밝은 웃음 뒤에 감춰진 슬픔을 잘 안다.

더 밝게 웃는 사람일수록
많이 힘들다는 것
많이 힘들었다는 것.

사람을 지키는 것은
위험한 상황에서 구해주는 것이나
책임을 지는 것이라 생각했었는데,

진짜 지킨다는 것은
애써 웃는 웃음을 잃지 않게 하는 것이 아닐까?

"너 그동안 무거운 것 잘도 짊어지고 있었네."

넌 얼마나

'나르시스' 또는 '나르키소스'라고 불리는 그리스 신화 속 소년이 있다. 그 소년의 이름은 '수선화'라는 꽃의 이름으로, '나르시시즘' 이라는 심리 용어의 유래가 되었다.

그리스 신화의 '나르시스' 이야기를 조금 하자면, 신화 속 '나르시스'는 매우 잘 생겨서 여러 요정들에게 구애를 받지만 그는 아무도 사랑하지 않았단다. 그러다 연못 속에 비친 자신의 모습을 보고 그만 반해버려, 연못만 바라보다 빠져 죽었다고 한다. 그 자리에 꽃이 피어났고, 그 꽃은 우리가 아는 '수선화'다. 그리고 나르시스처럼 자기애*에 빠진 사람을 '나르시시즘'이라 칭한다.

우리 주변에도 지나친 자기애를 가진 사람들이 있다.
그런 사람을 못내 사랑해서 상처를 받는 사람들도 있다.

내 가치관 중 하나는 나 자신을 먼저 사랑할 줄 알아야 타인을 사랑할 수 있다는 것이다. 그러나 잘못된 자기애에 빠진 사람은 자기 자신이 소중한 만큼 타인이 소중하다는 것을 모르고, 마치 자신이 제일 우월한 사람인 것처럼 행동한다.

너무 잘나서, 너무 완벽해서, 자기밖에 모르는 이기적인 사람들.
그들은 그 완벽이 깨지는 것을 너무나 두려워한다. 그래서 지나친 자기애는 두려움 속에서 사는 것과 같다.
그들은 아름답지만, 그들 곁에 가면 어떤 향도 나지 않는다.

향기를 잃어버린 수선화

우린 혼자 묻고 혼자 대답하는,
그런 혼잣말하는 사람을
이상하게 생각하지만,

사실 어떤 일을 하기에 앞서
남에게 "내가 할 수 있을까?" 묻기보다는
자기 자신에게 먼저 묻는 것이
맞는 순서가 아닐까?

이미 내 안에 답은 정해져 있으니
남에게 확인받지 말고,

스스로에게 물어 진정한 해답인
용기를 얻어야 하는 것 같다.

\# 나에게서 얻는 용기

가수의 앨범 중 한두 곡이 좋다면
아마도 그 노래가 좋은 것일 테고,

앨범에 있는 곡 전부가 좋다면
그 가수 자체가 좋은 것 아닐까?

사람도 마찬가지 같다.

그 사람 자체가 좋은 건지,
조건이 마음에 드는 건지.

뭐 사라질 것들이 좋다면

친구의 연주회.
꽃을 선물해야 하는데 꽃집이 보이지 않았다.
가뜩이나 시간도 늦었는데….

한참을 헤매고 있는데,
여러 번 지나친 길목에 꽃집이 있었다.
마침 주인이 문을 열고 있어서 찾을 수가 있었다.

만약 내가 헤매지 않고 다른 꽃집을 찾았다면
이 꽃집은 닫힌 문을 보고 그냥 돌아왔겠지.

어쩌면 사는 것도 그렇지 않을까?

그때 헤매지 않았더라면
지금 이곳을 찾지 못했을 수도 있고,

또 헤맨 길이 어렵고 힘들었지만
그럼으로써 어딘가에 다다른 거라고.

그러니 좀 헤매도 괜찮을 것 같다.
또 흔들려도 괜찮을 것 같다.
이런 작은 깨달음을 얻을 수 있다면
언제고 세상이 짜놓은 미로를 헤매어 보겠다.

늦은 건, 늦은 게 아니야

다 같은 조건이라면
직감을 믿는 수밖에.

이성적인 판단이 소용없을 때

때로는 그는 너무 멀리까지 내다봐서
나는 그가 미래까지 내다볼 수 있다는 생각이 들었다.

내가 당신의 모습까지 이르는 것을 상상해본다면
나 따윈 어리고 철없는 존재일 뿐이다.

나도 언젠가 부모가 된다면,
그런 당신의 모습을 조금이라도 닮을 수 있을까?

아니 그냥 이대로 내 인생 맡겨,
언제고 안겨 울 수 있으면 좋겠다.

하지만
굽어간다.
볼 때마디 굽이 넘어긴다.
굽어가는 허리를 따라
해가 넘어간다.

엄마 아빠

20대에
하고 싶은 일을 하든
하기 싫은 일을 하든,

서른 살의 잔액은
대부분 '0'에 가깝다.

그렇지만 10년간
꿈을 좇은 사람과
그렇지 않은 사람과의
잔액 '0'의 가치는 다르겠다.

가능성의 숫자

우린 완벽한 사람을 만날 수 없다.

이성의 외모, 성격, 능력까지 완벽할 수 없다.
직장에선 연봉, 직장 상사, 근무 환경까지.
만약 있다고 해도 분명 오래가지 못한다.

우린 완벽함 속에서
단점을 찾아내기 때문에.

먼저 보이는 단점을
받아드릴 줄 알아야 하는 것 같다.

그러면 한 달 만에 헤어질 일도
3일 만에 직장을 때려 칠 일도
또 나중에 실망하는 일도 줄어들지 않을까?

시작을 못하는 너에게

일은
이기적으로
사랑은
헌신적으로

#우린 저무로

'그래, 내가 참 나쁜 놈이다'
이런 생각이 든다.
창업을 하던 당시, 하루 두 끼를 라면으로 때웠다.
천 원도 안 되는 돈으로 허기를 채워준 라면을 먹으며
나는 "성공하면 라면 따위 먹지 말아야지!"라고 생각했다.

라면 입장에서 생각해보면 내가 못된 배신자로 보였겠지.
하지만 그 당시 나에게 라면은
내 가난한 처지를 대변하는 것 같아서
그런 못된 결심을 할 수밖에 없었다.

지금 내 처지는 그때와 달라졌지만
지금도 출출할 때면 라면을 찾는 나를 보면서
성공과 라면은 전혀 관계 없단 걸 알았다.

내 마인드의 문제였지.
꿈을 위해 달리는 그 과정,
내 인생을 사랑해야 했는데….
왜 그러지 못했을까?

그래서 망했나 보다.
시간이 흘러 내가 죽을 때 이런 유언을 남겨야지.
내 제삿상엔 라면만 올리라고 해야겠다.

미안해 라면

세상에 영원한 건 없다고 하지만

만약 세월이 흘러도
변치 않는 것이 있다면,

만약 그런 것이 존재해
나에게 주어진다면,

난 분명 목숨 걸고 지킬 텐데.

사실은 너무나 그립다

고민해서 해결되는 일 없다고
고민하지 말라고 하는데,
말이 쉽지,
그게 가능해?

힘든 일 생기면,
마음껏 고민해.

그리고 하나만 약속해
고민은 하되 자책은 하지 마.

자책은 자신을 미워하는 일이니까.

나를 사랑하는 방법

답이 나오지 않는 문제를
계속해서 고민하다 보면,

시험을 망쳤을 때의 결과를
예상해서 걱정하게 된다.

그건 이미 실패의 지름길로
들어서고 있다는 것이다.

그래서 포기와 도전은
빠르면 빠를수록 좋다.

고민을 줄이는 방법

내가 처음 접한 현실은
어릴 적 종이배를 물 위에 띄웠을 때가 아닐까 한다.

종이배를 접어 물 위에 띄웠는데
생각과는 다르게 얼마 지나지 않아
힘없이 풀어져버렸다.

비록 종이로 만들어졌지만
오랫동안 물에 떠 있을 거라는
말도 안 되는 믿음이 깨져버렸을 때,
그 실망감은 상실감으로 다가왔다.

이는 생각과는 다른 것이었고
예상하지 못한 것이었다.

어쩌면
어른이 되어가는 건
믿음이 깨지는 것의 반복이지 않을까?

그럼에도 어른은
종이배는 항해할 수 없다는
진실을 받아들이지 않고,

꿈꾸고 도전하여
결국 오랫동안 물에 뜨는 종이배를
만들고 마는 것.

그것이 어른이라면
어른이겠다.

결국은 이뤄내는 어른

스물다섯 살,
창업에 실패해 큰 빚을 졌다.

그렇게 빚을 지고
고향으로 돌아가던 기차 안에서 창밖을 바라보며
펑펑 울 줄 알았는데 의외로 담담했던 내 모습이 떠오른다.

그 뒤로 빚을 갚으며 열심히 살아
돈은 진즉 다 갚을 수 있었지만
꼬박꼬박 이자를 내면서도 다 갚기를 망설였던 것은,

잔금을 다 갚아버린 순간
열정만을 가지고 도전했던
그때의 나와 인연이 끝나는 것 같아서
상환을 미뤘다.

지금은 요령이 생겨
편하고 안전한 길만 이리저리 찾아다니는
여우가 되어버린 게
마음에 안 들어서 그랬던 걸까?

지금 생각해보면 쓸데없는 사명감으로
무식하게 정면으로 부딪치며 싸웠던
바보 같은 내가 그리워 미뤘던 것 같다.

하지만 이젠 그렇게 살 수 없기에
나머지 빚을 다 갚는다.

잘 가라.

무식했지만
순수했던
그때의 나에게.

지금은 여우 같은 나에게

집 앞에 놀이터가 하나 있는데,
그렇게 좋은 아파트는 아니라서
놀이터 모래에는 가끔 개똥이 섞여 있었다.

같은 아파트 단지에 사는 여자친구와 함께
가끔 운동복을 입고 만나서 산책을 했다.

만난 지 얼마 안 돼,
서로 듣기 좋은 거짓말을 주고받고 있는데,
갑자기 아파트 한 동에 정전이 일어났다.

이런, 21세기에도 정전이 일어나다니
북한도 아니고 이런 기가 막히는 일이…
하면서 놀라하고 있는데,
이런 생각이 들디라.

이것이야말로 로맨틱한 상황이 아닐까?
지금이 첫 키스를 할 수 있는 기가 막힌 타이밍이다.

나는 그녀의 팔을 끌어 당겼고
그녀는 개똥을 밟고 말았다.

뭐든 서두르면 실패할 확률이 높은 것 같다.

우리가 인연이 아니라면, 세상이 막아서겠지요

가장 올바른 이별 통보는
"날 사랑하기 때문에
너와 헤어지겠어."

#넌 더 이상 나에게 상처 줄 수 없어

너무 힘들 때면
이런 생각이 들어.

세상에
음치로 태어나
가수를 꿈꾸는 것 같아.

1등은 이미 정해져 있는 데 말이지.

그래도 난 매일 알람을 여섯 시에 맞추고
내일을 꿈꾸며 잠들어.

기적은 꼴찌에게만 일어나니까

생각해보면
절망적일 때 몰려오는 생각은
비관적이긴 해도
행동을 더 조심스럽게 만들고
날 보호하게 만들었다.

그래서
쓸데없는 생각은 없다.

포기하지만 않는다면.

날 보호하는 절망

손씨 :
"그러니 자책하지 마요,
괜찮습니다."

난
세상을 살아간다는 것은,
내가 늙어가고
나이를 먹는 수학 같은 공식이 아니라고 생각한다.

살아간다는 건,
사랑할 것들을 찾아가는 것이고
죽어간다는 건,
그 사랑했던 것들을 잃어가는 것일 것이다.

영원히 산다는 건,
마지막 순간까지 사랑을 주는 것이 아닐까?

가족을 사랑하고,
친구를 사랑하고,
애인을 사랑하고,
반려견을 사랑하고….
내가 아끼는 모든 것이 될 수 있겠다.
마음을 쏟는 것에 가치가 부여되는 것이니.

이렇게 나를 둘러싼 모든 것을
진심으로 사랑하고 위할 때
우린 비로소
누군가의 마음에 불씨로 남을 수 있는 것 같다.

인간의 강력한 힘 중 하나가
날 사랑하지 않아도
사랑을 줄 수 있는 것이다.

그러한 사랑은 어떠한 것으로도 증명할 수 없고,
증명할 필요도 없는 것이다.
그것은 그 어떤 힘보다 강하다.

그래서 우린 그 힘을
낭비해선 안 된다.
인류는 항상 영원한 삶을 찾는다.
그 영원한 삶은
앞서 말한 그것이 아닐까.

누군가의 마음에 불씨로 남아
그의 일생에 살아갈 힘이 되어,
스러질 때마다 타올라
다시금 일어서게 하는 것.

즉, 사람을 살리는 일.
그것이 영원이라 생각한다.

불씨

난 어릴 적엔 소방관이 되고 싶었고
좀 더 커서는 클라리넷을 전공으로
음악도 하고 싶었다.

불길 속에서 사람을 구하거나
멋진 무대에서 악기를 연주하는
내 모습을 꿈꿨고
그렇게 될 거라 생각했는데….

그땐 몰랐다.

벽에 못 박는 게
내 꿈이 될 줄은.

주택청약

갓난아기가 우는 데도
이유가 있는데
하물며 다 큰
네가 우는데
진짜 이유가 없을까

#괜찮아, 말해봐

미국의 열두 개 출판사가 《해리포터》의 출판을 거부했다.
영국의 데크 음원사는 앨범이 잘 안 팔릴 것 같다는 이유로 비틀스
와의 계약을 거부했고, 나폴레옹은 겨울에 러시아를 침공할 수 있
을 거라고 생각했고, 히틀러는 자신이 나폴레옹처럼 될 수 있을 거
라 생각했단다.

사람들이 위대하다고 말하는 그들도 치명적인 실수를 했다.

그러니 얼굴 한번 본 적 없는 면접관의 평가에 좌절할 필요가 없다.

당신은 면접관의 실수다

마음과 다르게 모진 말을 내뱉는다.
"엄마는 아무것도 모르면서 왜 그렇게 말해!"
"내가 알아서 잘하니까 나 좀 그냥 놔둬!"
그럴 때마다 옛 기억이 떠오른다.

어릴 적 난 열이 참 많이 났었다.
그때마다 엄마는 차가운 수건을 머리에 얹어주고
몸을 닦아주며 열을 낮추려 애쓰셨다.
하지만 열은 쉽사리 내려가지 않았다.

차가운 물수건이 바로 닿아 춥다고 우는 나에게
엄마는 물수건 대신
자신의 몸에 차가운 물을 묻혀
나를 안고,
또다시 물을 묻히고,
나를 안기를
밤새 반복하셨다.

그러면서
"제발 이 아이의 아픔을 나에게 주세요."라고 기도하셨다.

참 대단하다 생각이 드는 것은
그때의 엄마는 지금의 나보다 한참이나 어렸단 것이다.

나이를 먹을수록
어릴 적 기억이 선명해져

그날의 기억은
내 처지를 원망할 때마다
날 죄인으로 만든다.

죄인

내 손이 그의 손보다 절반이나 작았을 때,
생소한 길을 걸을 때마다
다리가 아프다고 투덜거리던 나에게
그는 이렇게 말씀하셨다.

"이제 곧 다 왔단다."
"이제 조금만 더 가면 돼."
"아들, 이제 정말 다 왔어."

처음에야 철석같이 믿었지만
그 말이 진실이 아님을 알고 나서부터는
"이제 거짓말인 거 다 알아요!"
"안 믿어요!"
라고 말했던 기억이 난다.

이제 어른이 되어
선의의 거짓말은 헛된 희망과 실망을 동반하기 때문에
꼭 좋은 것만은 아니라는 걸 알고 있지만,

우리 삶에는
"이제 곧 다 왔어."
"이제 조금만 더 가면 돼."라고
너스레를 떨며 말해주는 누군가가 꼭 있어야 하는 것 같다.

정말 다 왔어, 조금만 힘을 내

무조건적인 긍정은
멈춰야 할 때를 모르게 만든다.

알람을 맞춰야 할 때

2
⋮
소소한 일상 따뜻한 바람

사랑은 유일하게
결과보다 과정을 보는 것이죠.

그러니 실수해도 괜찮아요

사랑을 하면
기쁨을 감추지 않아도 되고
슬픔을 숨기지 않아도 되기 때문에

가장 나다운 인생을
사는 게 아닐까?

사랑을 하면
거짓으로 기뻐해주거나
자신의 이익을 위해 위로하지 않기에

누구보다 솔직한 사람이
되는 게 아닐까?

// 사랑을 한다는 것은

세상이 아무리 바뀐다 해도
전동 칫솔보단 일반 칫솔이 좋고,
항상 쓰는 솜 꺼진 베개가 좋고,
내 귀에 맞는 오래된 이어폰이 좋다.

처음처럼 아끼진 못해도 말이다.

가장 어리석은 약속은
처음처럼 변하지 않고 사랑하겠다는 것이니까.

어리석은 약속

꽃샘추위라는 단어가 귀엽다는 생각을 했다.

꽃샘추위,
꽃 피는 봄을 질투하는 애인 같다고 할까?

뉴스에서 꽃샘추위가 온다고 하면
질투가 심한 여자친구가 화내는 구나라고 생각한다.

그 질투심 강한 여자친구는
언젠가는 봄에게 못 이기는 척 자리를 내어주겠지만,

난 그 마지막 꽃샘추위를
잘 기억하고 있다가
다시 겨울 와 눈 내리면
이렇게 말해주고 싶다.

"봄꽃 별거 없더라, 네 눈이 참 그리웠다."

// 화 풀어, 겨울

난 당신이 천천히 걸었으면 좋겠다
아니 나보다 뒤쳐졌으면 좋겠다
그럼 난 뒷걸음질로 걸을 텐데.

#앞만 보고 걷는 너에게

이제 어른이라
빨간 펜으로 이름 쓴다고 해서
갑자기 죽거나,

밤에 손톱을 깎는다고 해서
도플갱어가 나타나거나,

휘파람을 분다고 해서
뱀이 나오지 않는다는 건 알고 있다.

하지만 거짓인줄 알면서도,
밤에 손톱을 깎으면 쥐가 물어갈 것 같고,
빨간 펜으로 이름을 쓰면 왠지 찝찝하다.

기분은 나쁘지만,
그나마 이러한 미신 덕분에
어릴 적 동심을 지키고 있는 것 아닐까?

부모님은 그걸 알고
동심을 지키는 주문을 걸어주신 것일지도 모르겠다.

기분 나쁜 주문이지만 꼭 필요한 주문 아닐까?

아이가 생기면 걸어줘야지

그때는 힘내라는
뻔한 위로가 짜증났다.

내가 듣고 싶은 말을
찾아내지 못하는
네가 답답해서 싫었는데.

지금 생각하면
위로의 방식이 중요한 게 아니었다.

내 옆에 누군가가 있다는
소중함을 왜 몰랐을까.

// 위로까지 내 입맛대로

나에게 불가능한 일이란,
물 위를 걷거나
투명인간이 되거나
복권에 당첨되는 그런 일들이라고 생각했는데,

그게 아니었다.

불가능한 일은
'뭐해?'라고 문자를 보내는 것이었고
술의 힘을 빌려 전화를 하는 것이었고
좋아하는 마음을 고백하는 것이었다.

난…

난 다시 사랑 따원 못힐 줄 알았거든.

뭐해?

가슴을 두근거리게 만든 사람이 나타나면
꼭 해주고 싶은 말이 있다.

내일은 오늘보다
더 괜찮은 사람이 되어보겠다고.

// 적어도 너에게만은

피할 수 없어서
다가간 거야.

내가 본 게 아니라
네가 보인 거야.

TV 속의 사람도
책 속의 그림도
커피잔 속의 거품도.

다 그래
다, 다, 너로 보여.

내가 본 게 아니라
네가 보인 거야.

외면하고 싶었는데
그럴 수 없었어.

맞아

네가 좋아.

다 너로 보인 거야

너를 만나니
하나였던 게 둘이 된다.

한 잔인 커피도
한 그릇 팥빙수도
혼자 앓던 감기의 서러움도
좋은 일 뒤에 찾아오는 슬픔도
세상에 대한 마음의 짐도

그리고

나밖에 모르던
내 마음도 둘이 된다.

뭐든 나눠줄게

내 마음에 꽃을 심었다.
지켜줘야지,
시들지 않도록.

사랑 끝에 이별이 있단 것도
모른 채 살아가도록.

그 전에 좋은 내가 되어

넌 솔직하고 감정 표현을
참 잘하는 사람이라,
이전 사랑에 대한 상처가 없어 보였다.

난 그 점이 부러웠지만
한편으론 두렵기도 했다.

넌 사랑에 최선을 다하는 만큼
후회가 없었을 것 같았기에.

그래서 만약 나와도 헤어진다면
나를 까맣게 잊어,
뒤도 돌아보지 않을 것 같아서.

또 지금 나에게 히는 것처럼
다른 사람을 열렬히 사랑하게 될까 봐.

참 못된 마음이지만
그게 질투가 나고 앞으로가 두려웠다.

한 번의 실수에 기회조차 없을까 봐.

// 괜한 걱정

부탁할게.
비처럼 피할 틈도 없이
날 흠뻑 적시지 말고,
소복소복 잔잔하게
내리는 눈처럼
천천히 하나씩
나에게 쌓여줘.

#이기적이라 미안해

너와 마주치게 된다면,
난 멋진 애인을 옆에 끼고
너와 마주치길 바랐다.

널 잊어갈 즘 나에겐 새로운
사람이 생겼고,
이제 너만 마주치면 되는데,

그러면 통쾌한
복수를 할 수 있을 텐데.

이제 그럴 필요가 없더라.

아니 그저 너에게 고맙더라.
네가 날 버리지 않았다면
이 사람을 만나지 못했을 테니까.

고마워.

날 버려줘서

내가 여름을 느끼는 것은
비단 날씨뿐만이 아니었다.

여름이라 입는 반바지
얼음 가득 찬 커피
먼지 털고 일어난 에어컨

이렇게 여름이 오면
내 생활도 여름에 맞춰
작지만 변화가 생긴다.

사람도 사랑도 그런 것 같다.
그 사람이라서 어쩔 수 없이
내가 바뀌어야 하는 것이 있다.

여름 같은 사람을 만났지만,
두꺼운 점퍼를 벗을 수 없다면
진땀 좀 흘려야 하지 않을까?

// 계절과 계절 사이

서른 살이 되니 그렇다.

금전적 여유가 생기니
취미를 즐기게 되고,
지금의 자리를 지키려니
자기계발을 하게 되고,
목적 없이 친구를
만나지 않게 되고,

오로지 나에게 쏟는 시간이 많아졌다.
이렇게 된 이유를 굳이 꼽자면,
나를 사랑하게 되었다고
하는 게 맞는 것 같다.

그러다 보니
관심 단계에서 여자는 만나지 않게 되고,
그렇다 할 마음을 표현하지 않으니
자연스럽게 밀당이 되기도 하고,
한 번 고백해서 넘어오지 않으면
자존심에 포기하게 되더라.

그만큼 나를 굽혀가며,
노력을 쏟고 싶은 마음이 없어진 거겠지.

이런 서른 살의 자기계발의 단점은
혼자인 시간을 즐기게 되고,
이성을 보는 눈높이를 높이게 되는 것 같다.

그래서 어른들의
사랑은 참으로 놀랍다.

그럼에도
사랑에 빠졌다는 것이니까.

지나친 자기애

사랑은 버릇과 같은 거라서
네가 미워도
차도로는 당연히 내가 걷고,
우산은 하나만 쓰며,

밤늦은 택시 차 번호를 적는 것처럼
그렇게 습관이 몸에 배어,
하지 않으면 오히려 어색하고 불안한 나를 발견할 때
너에 대한 내 마음을 다시 알게 되는 것 같다.

이렇게 난 너에게 맞춰져 간다

널 만나기 싫다.

널 기다릴 때면
마치 관중이 꽉 들어찬 무대 위에 서는 것처럼 부담스럽다.

셔츠가 너무 화려한가?
구두굽이 너무 닳은 건 아닐까?
머리에 왁스를 너무 많이 발랐나?
양치를 한 번 더 하고 나올 걸….

유리에 희미하게 비친
용기 없는 나를 보는 건 매번 힘들다.

하지만

전화기 너머로 들려오는
네 목소리만 듣기엔
이 밤이 너무 길잖아.

// 아무래도 셔츠를 갈아입어야겠다

살아 보니
하나를 알려주면 열을 아는 사람보다
하나를 알려주면 하나만 아는 사람이
편하고 좋더라.

∥ 넌 너무 약았어

사랑을 써야지
어디에든,
그곳이 바닥이든 껌 종이든.

꼭 뭘 꾸미거나 갖춰 표현하지 않을래.
그냥 있는 그대로 내 마음을 말해야지.
또 있는 그대로의 널 사랑해야지.

사랑을 써야지
그곳이 어디든,
바닥이든 껌 종이든.

// 사랑을 써야지

공기가 움직이면
바람이 되어 느낄 수 있듯이.

마음이 움직이면
사랑이 되어 느낄 수 있듯이.

#흔들리면 숨길 수가 없다는 것

달력을 접고
마음속으로
하루하루 세며 견디다 보면,

어느 날 하늘은 어둑해지고
여름 하늘에 가을비가 내린다.

비는 나에게서 널 씻어내려 안달이지만
우산을 꼿꼿이 세워 걷다.

모질게 떠난 네 생각에
우산을 슬쩍 기울여보다
다시 쓰고
기울이다
다시 쓰고.

반복하다,

결국 비에게서 널 지켜낸다.

// 지우기 싫은 기억

참 멀리 있다.

물론 보이진 않지만
네가 그곳에 있을 거라 확신하기에.

여기서 봤으니 됐다.

그곳에선 아프지 말아요

대부분이 그럴지도 모른다.

난 말을 하는 상대방의 표정에서,
그가 하는 말과는 다르게
진실을 얻는 경우가 많다.
자만일 수도 있지만.

입으론 거짓을 말해도,
떨리고 흔들리는 표정에서
그 말이 진심이 아님을 알게 됐다.

나이가 들수록
거짓에서 진실을 가려내는 횟수는 많아졌지만,

상처를 널 받기는커녕
상처만 늘어갔다.

그래서 나를 잘 아는 사람에겐
선의의 거짓말일지라도
진실만을 말해야 하는 것 같다.

어설픈 거짓말일수록 실망만을 안겨주니까.

// 떨리거나 흔들리거나

지금 만나고 있는 사람을
내 애인이니까,
내 애인으로서,
내게 이 정도 해주는 것은 당연하지,
라고 생각하니 불만이 생기는 것 같다.

그저 남이거나
친구라 생각해본다면,
내게 하는 모든 행동이
너무나 고마운 일의 연속인데.

남이라 생각한다면

난 '사랑한다' 또는 '좋아한다'라는 말보다는
'향한다'라는 말을 더 좋아한다.

'향한다'는 강압적이지도 않고
순수해 보인다.

예를 들면
"전 그 사람을 사랑합니다."
"전 그 사람을 좋아합니다."가 아닌
"제 마음은 그 사람을 향해 있어요."는

"받아주세요"가 아닌
"제 마음은 그래요." 같은
그런 말 같다.

혼자 짝사랑하는 말 같아서 안쓰럽기도 하지만
그만큼 더 순수해 보인다.

가장 진실 된 말 같아서
그래서 더 좋다.

당신을 향해 항해하고 있어요

손씨 :
"방향만 알려주세요"

너에게 익었던
좋은 습관 하나 발견하고
잊고 살던 네가 생각났다.

난 아직도 너를 미워하는데
그 순간에는 네가 고맙더라.

네가 그랬듯,
나도 너에게
좋은 습관 하나 남겼을까?

고작 양말 하나 뒤집어
빨래통에 넣는
그런 사소한 일이라도.

그건 욕심일까?

네가 점점 편해지는 것이 아니라
편안해지고 있어.

#이제 깍지를 껴볼까?

갈증이 돋을 때가 있다.
해결되지 않는 그 무엇에 대해.

그건 아마도 세상 사는 방법을
어느 정도 터득한 지금이 아닐까?

무엇을 얻을 때가 아닌
얻은 걸 지킬 때
우리는 잃는 것을 두려워하는 것 같다.

소중한 가족이 늘어가는 것을 볼 때,
모든 걸 함께할 것 같았던 친구들의 부재,
직장에서의 내 위치를 지키기 위해 애쓰는
악착같은 나를 발견했을 때.

우린 갈증을 느낀다.

해결되지 않은 그 무엇에 대해
과연 행복이란 존재하는 것일까?

누군가 그랬다.

행복은 두근거림이 아닌
평온한 상태라고….

우린 어쩌면 행복을 너무 거창하게 생각하고 있는지도 모른다.

행복은 도전해서 취득하는 특별한 물건이나 일이 아닌
소소한 것일지 모른다.

늦은 밤 전화해도 받아주는 이가 있고,
밥은 먹었는지 걱정하는 부모님이 있고,
스트레스를 받아도 일할 수 있는 직장이 있고,
지친 몸을 이끌고 들어와 맥주 한 잔을 하며 잠들 곳이 있다면….

그것이 진정한 행복일 수도 있다.
행복은 특별한 게 아닐지도 모른다.

잃는 걸 두려워하는 것이야말로
현재를 낭비하는 것일지도.

// 행복이란

넌 내일 비가 온다며
나의 내일을 걱정했다.

사소한 걱정이다.

내일 비가 온다는 것쯤은,
내가 품고 있는
걱정들에 비하면 아무것도 아니다.

만약 내가 우산을
챙기지 않으면
넌 비에 젖을 나를
걱정하겠지.

결국 네가 걱정하게 되는 일이니.

맞다.

사소한 걱정은 아니겠네.

// 나의 내일을 걱정하는 사람

네가 내 옆에 있어서
난 항상 봄날을 살아.

// 겨울의 봄

우린 누구나 드라마틱한
사랑을 꿈꾼다.

우연히 만나거나
우연을 가장한 만남으로 만나거나.

멋진 대사를 주고받으며
행복한 사랑을 하는

그런 사랑.
그런 연애.

하지만 우리의 드라마에는
한 가지 빠진 것이 있다.

아무런 장애물이 없다는 것.

해피엔딩으로 끝나기 위해선
남녀 주인공의 시련은
꼭 필요한 요소가 아닐까?

// 그러니 헤어지지 마세요, 분명 해피엔딩입니다

이제 정말 자야지 하면서
다시 눈을 감아도….
어느덧 새벽 2시.

#누군가 마음에 들어오면

사람을 만난다는 건,
그 사람의 나라로 여행을 가는 게 아닐까?
라는 생각이 들었다.

난 낯선 이방인이고
그 사람이 주는 음식과
그의 생활을 보면서
새로운 문화에 하나씩 적응해가는 것처럼.

하나 더 말하자면,
이 정도면 괜찮겠지라고 생각했던 나의 행동이
그 나라 법에는 허용이 되지 않는 일도 있을 것이다.

연애는
이렇게 하나씩 시행착오를 겪어가며
서로에게 적응해가는 일인 것 같다.

연인이 만나 싸우는 이유의 대부분은
서로를 이해하지 못해서일 것이다.
하지만 이렇게 서로가 여행을 한다고 생각하면
다툴 일이 적지 않을까?

넌 어느 나라에 살고 있니?

나이를 먹을수록
표현의 크기는 작아졌지만
그 작아진 표현에는
수많은 뜻이 담긴다.

같은 말,
하지만 숨겨진 수많은 뜻들.

그래서 어른들의 한마디에는
왠지 모를 슬픔이 있다.

'사랑해'는 그냥 사랑해가 아니고,
'미안해'는 그냥 미안해가 아니다.

어쩌면 우리는
그 감춰진 한마디에 숨겨진 의미를
이해할 사람을 찾고 있는지도 모르겠다.

어른들의 만남은 너무나 복잡해 보이지만
사실은 아주 연약한 존재들의 만남이다.

"당신을 싫어합니다."

저도 당신을 좋아합니다

좋아하는 사람이 생겼다면
함께 미술관을 가길 권한다.

어려운 그림일수록 좋다.

내 발에 맞춰 걸어주는지,
내 견해에 공감을 해주는지,
내 관심사를 존중해주는지.

무슨 그림인지도 모르면서
상대방 발에 맞춰
뚫어져라 그림을 봐주는 것이야말로
이 사람을 이해하려는 노력일 것이다.

모르는 그림을 이해해가면서
비로소 그 사람을 알아가게 된다.

이해하며 알아가게 된다

입술이 아름다운 여인과
바람 부는 바다 한가운데 솟아오른
바위에 올랐지.

그 풍경이 너무 아름다워,
세상이 다 미운 내가
그 순간 행복한 미래를
상상하게 되더라.

그래서 슬펐어.
희망을 품었거든.

이룰 수 없는 걸
하나 더 갖는 일이 될 수도 있으니까.

그날은 바람이 너무 세게 불어
뭐든 꽉 잡고 있지 않으면,
날아가버릴 것 같아서.

그래서 네 손을 꽉 잡았지.

// 넌 내 희망

네가 항상
나의 열 걸음 안에
있었으면 좋겠다

#한 번도 나쁘지 않고

이젠 성취하는 삶보다
편안한 삶이 좋다.

두근대는 불안한 사랑보다
잔잔한 사랑이 좋다.

당신의 일기장에도
별일 없는 하루가,
아무런 걱정이 없어서
오히려 지루했다는 글이
써내려져 갔으면 좋겠다.

// 나는 별일 없이 산다

보관주의

고온이나 직사광선을 피하고
서늘하고 건조한 곳에 보관하십시오.

연애가 시작되면
내 마음속에 상대방의 마음을 보관한다.

그 사람에게 맞는 방법으로
보관하지 않으면
썩거나 변질되기 마련이니.

하찮은 라면 하나도 관리하는 방법이 있잖아.

습한 곳이나 직사광선을 피하세요

우린 서로 다른 곳에서 태어났지요.
당신은 겨울에서 태어났고,
저는 여름에 태어났고요.

당신은 사슴을 좋아하지만
저는 코끼리를 좋아합니다.

당신은 양식을 좋아하고
저는 한식을 좋아하네요.

어떡할까요?

이제 우리 겨울과 여름 사이
가을을 좋아하고,
사슴을 닮은 코끼리를 좋아하고,
퓨전 한식을 좋아하는 건 어때요?

 ∥ 당신은 북쪽에서 나는 남쪽에서

배신당한 마음
미움으로 가득 차 있을 때,

되는 일 없어
절망으로 가득 차 있을 때,

사람이 그리워
외로움 가득 차 있을 때.

그 가득 찬 마음에
나라는 작은 배 하나 띄울 수 있을까?

// 그대 마음 가득 찬다면

"네가 사랑을 아니?"

"전 스무 살이에요, 저에겐 사랑이 전부라고요."

그 무엇보다

손씨 :
"사랑을 잃어버린 건,
아니 조건이나 계산 없이
사랑하는 방법을 잊어버린 건
우리가 아닐까요?

잃어버린 걸까요.
잊어버린 걸까요.
아니면 알고 있으면서도
애써 부인하는 건가요.

그때 그 순수함과 열정이 무척이나 그리운데…
돌아가기에는
사실 겁이 나서일 거예요."

발레리나의 발은 참 못생겼다.
피아니스트의 손도,
가족을 위해 일하는 노동자의 손도,
최선을 다하면 다할수록
그리고 절실할수록 상처는 깊고 아프다.

어찌 사랑에 모든 걸 던져….

이토록 절실한데,
아프지 않고 못나지 않을 수 있을까.

만약 내 마음이
깨끗하고 상처 하나 없다면,

사랑한 적이 없거나
사랑이 아니거나

이것도 아니라면
넌 거짓을 말하고 있는 거겠지.

사랑하니까
못나지는 건 당연하다.

네가 아름다운 수많은 이유 중 고작 한 가지

너에게 진실 하나 물어
미움 하나 더 생긴다면.

나에게 진실 하나 묻고
눈 가린 채 너를 사랑하련다.

// 추한 진실

손씨 :
"그렇다고 진실을
언제까지 감출 수는 없어요."

사랑을 하려면 큰 용기가 필요하다.
이리저리 망설이다 보면 생각이 많아지고,
결국 그 사람은 나와 맞지 않다는
성급한 결론을 내려버린다.

번지점프도 결국 뛰어야 즐길 수 있는 것처럼
사랑도 결국
그 사람 인생에 나를 던져야 하는 것 같다.

그가 나에게 믿음을 보여줬다면,

나 또한 사랑하고 싶고,
기댈 수 있는 누군가가 필요하다면….

그런데 확신이 들지 않는다면,

그에게 기회를 주는 것이 아니라,
나에게 사랑할 기회를
한 번쯤 주는 것도 괜찮지 않을까?

나를 네 마음에 던지는 것

연애할 때 가장 늦게 꺼내야 하는 말.

"피곤하니까."
"주말이니까."
"늦었으니까."
"비도 오는데."
"눈도 오는데."
"날도 더운데."
"날도 추운데."

그러니까

"오늘은 집에서
영화나 보고 뭐 시켜 먹자."

연애는 원래 피곤해도 참는 거야

그늘에서 자라
늦게 핀 벚꽃이 바람에 날린다.

볕 잘 들어 일찍 핀 벚꽃은
비를 타고 서둘러 떠나버렸는데,
넌 바람 타고 하늘을 나는 구나.

내 마음 다시 꽃 피운다면
늦어도 괜찮다.

// 다시 꽃 피운다면

세상은
날 부족하게 만들고
너로 채워가게
만들었나 봐

#그러니까 널 내 마음에 담을게

사랑을 많이 받고 자란 사람은
사랑받는 것을 당연하게 여겼고,

그와 반대로 부족했던 사람은
사랑을 주는 사람을 어떻게든 잃지 않으려 했다.

간단한 이치다.

부족한 줄 모르니
필요한 줄 모르고,
부족한 것을 알고 있으니,
채워야 하는 것이다.

난 전자도 사랑해봤고
후자노 사랑해봤지만,

사랑을 주는 방식이
달랐을 뿐이지,
그들은 충분히 사랑스러웠다.

언젠가 강아지를 분양받으러 갔는데,
그 가게 주인이 했던 말이 떠오른다.

"외로움을 많이 타는 사람은
고양이보단 강아지를 기르는 게 낫죠."

구분 짓기 어려운 일이지만
난 도도한 고양이 눈빛보단
애처로운 강아지 눈빛이 좋다.

사랑을 주는 방법

물고기는 물 없이는 살 수 없대요.
수련은 물 위에 떠서 자라고요.
개구리는 물 가까이에서 산대요.
갈대들도 물가에서 자란다네요.

그렇대요.

뭐 그냥 그렇다네요.

// 당신이 필요해요

결혼이란 서로의 인생을
선물하는 것이 아닐까?
"나 널 만나려 이만큼 잘 살아왔어."라고.

// 잘 살아야 하는 이유

변하지 않을 것들을 사랑해야지.

이를테면

목소리나
습관이나
생각이나
손톱이나
네가 자주 입는 스웨터나
네 손때가 묻어 있는 컵이나
네가 좋아하던 비를
함께 걷던 거리를.

뭐 그런,
사소하지만
변하지 않을 것들을 사랑해야지.

전 그랬어요

혼자서 고집부리지 마세요.

사공이 많다는 건,
배를 산으로도 옮길 수 있다는 말이죠.

함께한다면 불가능도 가능해지죠

3

∘∘∘ 내 눈에 내리는 슬픈 비

유치하게 사랑하고
어설프게 헤어졌지요.

당신은,
내가 무엇을 이루나
그리운 이름이 도될 거에요.

#다른 누굴 만나도

우리 사이는 테이프 같다.

붙였다 뗐다를 반복해,
어느새 먼지만 붙어
접착력이 떨어져버린 테이프.

어쩌다 또 붙었다 해도
이제는 별일 아닌 일에도
쉽게 떨어져버리는….

우린 제 구실을 못하는
테이프 같다.

처음으로 돌아갈 순 없을까?

누군가에게 지울 수 없는 상처를 주었다.

그것은 사과를 한다고 되는 것도 아니고,
내가 잘한다고 해서 용서받을 수 있는 일도 아니었다.

시간이 흘러
"나 이제 괜찮아졌어."라는
말을 듣고 싶지만…
이제 그럴 수 없다.

언젠가 마주친다면
인사 대신 미안하다고,
아니 항상 그런 마음으로
살았다고 말하고 싶다.

건반 위의 작은 꽃

내 침대 옆에는 큰 창이 하나 있다.

난 비가 올 때면
조금 추워도 창을 살짝 열어두고
새어 들어오는 차가운 바람을 느끼며
잠드는 것을 좋아한다.

그날은 가을 중반 무렵이었는데,
새벽을 넘어서자 빗방울이 떨어졌다.
창을 열어두면 감기에 걸릴 것 같았지만,
다 닫진 않고 조금 열어두었다.

그날은 왠지 가을을 몰래,
자세히 들여다본 것 같았다.

그날 나는 내 노트에
이런 글을 적었더랬다.

'우린 연인 사이의 변화를 느낄 수 있다.

사랑이 더욱 돈독해지는 변화를,
아니면 입으론 아직 사랑을 말해도
끝나가는 사이임을,
그 변화를 느낄 수 있다.

그건 여러 가지 의미로 다가와 느끼게 하는데
어느 하나 아프지 않은 게 없다.'

아무래도
떨어지는 비를 보면서,

몰래 지켜보는 것 말곤 아무것도 하지 않았던
그저 떠나가는 걸 바라만 보았던
나 자신을 비춰보았던 건 아닐까.

사랑한다면 끝까지 인정하지 않아야 한다

중학생 때 영어선생님을 좋아했다.
영어 수업이 있는 날이면,
아침 일찍 일어나 머리에 젤을 바르고
보이지도 않을 터인데
구멍 안 난 양말을 겨우 찾아 신고 등교를 했다.

수업 시간이 되면,
가까이 있을 용기도 없어
맨 끝자리 창가에 앉아
무심한 척 수업을 듣던 기억이 난다.

지금도 영어라면 얼어버리는 나이지만
선생님이 불러주시던 그 팝송은 아직도 기억한다.

아직까지 기억나는 이유는
머릿속에 담지 않고
마음속에 담아 그런 것 아닐까?

기억하는 기관은 분명 뇌에 있고,
마음에 담기는 것은
과학적으로 증명되지 않을 일이지만,

소중한 것은
분명 마음에 담아지는 것 같다.

그러니 사랑이 떠나
마음이 아픈 것은,

그 사람을 마음에 담아두었기 때문이 아닐까?

머리 말고 마음에

출근길,
맑은 하늘,
머리 위로 툭 하고 뭔가가 떨어졌다.

분명 하늘은 맑은데
바닥을 보니
빗자국이 군데군데 있었고,

주머니에서 손을 꺼내
손바닥을 하늘로 향하니
차가운 빗방울이
손바닥으로 떨어졌다.

걱정이 밀려왔다.
우산을 준비 못했는데.

집으로 돌아가기엔
너무 멀리 왔고,

그렇다고 그냥 가기엔
다 젖을 게 뻔한데.

변해가는 네 마음을 알았을 때

꽃이 좋았다면,
가만 보고 되었을 걸,
시들면 버릴 거
난 왜 꺾어버렸을까?

#사랑은 소유가 아니거늘

술집에서 친구와 술을 먹는데
옆 테이블의 여자가 펑펑 울고 있다.

그 모습을 보고 있던 친구는
저 열정이 부럽다고 했다.

가만히 생각해보면,
나도 이별할 적에
저렇게 울 수 있는 기회가 있었는데,

울면 진다는 생각 때문에
내 감정에 솔직하지 못하고
도리어 억누르며 참았던 것 같다.

이별노 사랑했던
사람만의 특권인데….

난 바보 같이
이별이란 약의 쓴맛이 싫어
가루약 대신 알약만을 꾸역꾸역 삼켰구나.

어느덧 알약을 자연스럽게
삼킬 수 있다고 좋아했는데,

오늘 펑펑 우는 여자를 보고
바보 같은 짓이란 걸 알았다.

다시 돌아갈 수 있을까?
펑펑 울 수 있던 그때의 나로.

괜찮아, 절대 추하지 않아

그녀 반대편으로 걸었다.
우리가 운명이라면 머지않아 만나겠지.
우리가 운명이라면 너도 뒤돌아 반대편으로 걷겠지.
우리가 운명이라면
우리가 정말 운명이라면
우린 머지않아 만나겠지.

 곧 말이야

툭툭 건드리기만 해도
고쳐지는 가전제품이 있잖아.

나도 그냥 별거 없이
툭 한 번 건드려주면 됐는데.

그냥 갈아치우려 하네.
꼭 내가 고장 나길
기다렸다는 듯이.

반복된 투정의 끝

기억을 지운다는 건
불가능한 일이기 때문에….

사람을 잊는다는 건
기억에서 지우는 것이 아닌,
사랑했던 감정을
아무 일도 없었던 것으로
바꾸는 것이 아닐까?

그래서 우리는
실수를 해버린다.

미워하는 것으로.

사실 그는 나쁜 사람이 아니었다

"엄마, 저 잘 살고 있는 건가요?"
"아빠, 저 잘하고 있는 거 맞죠?"

누군가 "너 지금 이렇게 살면 안 돼."라고
혼이라도 내줬으면 좋겠어요.

이제 혼내주는 사람이 없으니
내가 잘하고 있는 건지
틀린 건지 알 수 없어요.

세상이, 사회가 냉정하단
말을 이해할 수 있겠어요.

세상은 제가 아파도 기다려주지 않아요.
또 가르쳐주지 않아요.
그서 필요할 때만
저는 좋은 사람이 된다는 사실을 알았어요.

누구라도 말해줘요.
아니 혼내줘요.

"너 지금 잘 못하고 있어!"
라고.

반가운 쓴소리

이별을 했다는 건,
너로 남은 신호에 뜨지 않는다는 것.

#마음이 무거워졌다는 것

난 사랑 이야기를 쓰면서도
'어쩌면 사랑이란 존재하지 않는 것이지 않을까?'
이런 생각을 해본다.

누군가 이런 말을 했다.
당신은 애인을 사랑할 때의
자신의 모습을 사랑하는 것 같다고.

그런지도 모르겠다.
다정한 연인을 보면
저런 사람을 얻고 싶기보다는
저런 사랑을 하고 싶다는 것,
사랑할 대상을 찾는 것.

그래서 외로울 때는
사랑을 해선 안 되는 것 같다.

외로움을 채우는 게 우선이기 때문에

칫솔 하나 양말 하나까지
모두 다 내다버렸다고 생각했는데,

냉장고에 남아 있던
반찬통이 말하더라.

나 없어도 밥 거르지 마

난 바보 같이
사랑은 최선을 다하는 것인 줄 알고
마음이 시키는 대로 모든 걸 다 퍼주었다.
심지어 내 자존심까지.
사랑 앞에선
쓸데없는 것이라 생각했지.

하지만 머지않아 알게 되더라.
사랑을 오래 지속하는 것은
쏟아지는 감정에 이성적인 판단이
뒷받침되어야 한다는 것을.

내 마음이 금붕어라 치면
먹이를 너무 퍼줘 죽지 않게,
부족해 굶어죽지 않게,
설제해 정량을 나눠주는 것.

처음과 다르게 어쩔 수 없이
식어갈 마음을 대비하는 것.

그것이 진정 상대방을 위하는 일이 아닐까.

감정에 이성을 더하기

그날은 너에게 나를 말했다.

쉽지 않던 그날을
머리맡에 두고
이리 뒤척이고
저리 뒤척였다.

새벽이 지나도록
넌 날 흔들어 깨웠다.

초라하게 느껴지던 밤,
왠지 모르게
화려하게 살고 싶다는 생각이 들었다.

고백했던 날

난 그때 그 사람을 사랑했기 때문에
상처를 줄 수밖에 없다고 생각했는데,

지금 생각하면
정말 사랑하지 않았기 때문인 것 같다.

정말 사랑했다면,
상처받는 쪽은 나였을 테니까.

저줄 수밖에 없으니

영화를 보면서 이런 생각이 들었다.

우리에게 저런 극한의 상황이 생겼다면,
우린 헤어지지 않았을까…?

까마득하게 밀려 있는 회사일과
만나면 밥 먹고 영화 보는 뻔한 연애.

우린 무미건조하게 반복되는 삶 때문에
이별을 하는 것 같다.

나에게 슈퍼맨 같다고 말하는 너를 위해,
나는 무너지는 건물에서 널 구해낼 일도
불치병에 걸린 너를 위해 날 희생할 일도 없었다.

영웅이 되고 싶은 나였지만,
그럴 수 없는 평범한 남자일 뿐이었다.

그렇게 우린 서서히 식어갔다.
만약 영화 같은 일이 우리에게 닥쳐
내가 너를 구했다면,
우린 헤어지지 않았을까?

별일 없기를 바라는데 별일이 필요한 우리

난 언제나 그랬듯이
네 목소리에 내포된 감정을 읽으려 했다.

넌 언제나 웃음 뒤에 슬픔을 감추기 때문에….

하지만 그날은 달랐다.

해인 듯 달이 아니었고,
달인 듯 해가 아니었다.

아무것도 감춘 것이 없었던
유일한 날이었다.

이별

넌 헤어지고 단 한 번도
연락하지 않은 나에게 섭섭했을 것이다.

세상 많은 이별들이 거치는 홍역처럼
한 번쯤은 새벽에 술 먹고 전화해서
보고 싶다 울거나,

두루뭉술한 문자메시지를 보내서
텅 빈 마음을 표현하는 것처럼,
이별 후 아픈 마음을 보여주길 바랐을 것인데
난 그러질 않았어.

내가 쿨해서 그런 게 아니고,
덜 사랑해서도 아니고,
날 떠닌 니에 대한 복수심에
억지로 참는 것도 아니야.

굳이 이유를 말하자면,
다시 너에게 연락하는 순간
내가 다시 희망을 품을 것 같아서.

그래서 그런 거야.

다신 너에게 빠지지 않을 거야

내 방에는 볕 들
창 하나 없는데
꽃을 두니 시들 수밖에.

\# 마음을 열지 않으면 사랑하지도 사랑받지도 못해

손잡이 옆에
문을 열 수 있는 방법을
친절하게 표기해놓았다.

"미세요."
"당기세요."

사람 마음도 그렇다.
문을 잡고 한 걸음 들어서느냐
문을 잡고 한 걸음 물러서느냐

당겨야 하는 마음의 문을
억지로 밀고 들어가려 하면
절대로 열리지 않는다.

그건 작은 차이지만

그 작은 차이로
시작도 못하고
끝나는 인연을
우린 많이 봤다.

밀어? 당겨? 방법만 알려줘

너가 칼이 아니더라도
내가 두부라면
젓가락으로도 잘릴 수 있어.
너무 쉽게 던진 말에
내 마음은 갈라져.

#보이지 않는 상처

다른 사람이 생겨서
떠난다 하였다.

화가 나기보다는
그토록 사랑을 줬는데,
나를 떠난다는 사실이
이해가 가지 않아서

내가 뭘 잘못한 게 있느냐고 물었더니
그런 건 없다고 미안하다고만 하더라.

우리 마지막 날
찻값을 계산하는 나를 보고,
넌 화가 나지 않느냐고
내가 밉지도 않느냐고 물었다.

정확히는
"넌 화도 안 나? 화를 내야 내가 덜 미안할 거 아니야!"
라고 소리쳤었지.

내가 너에게 화를 내는 건
아니 화를 내어주는 건,
네 죄책감 따위를 덜어주는 일인 걸
잘 알고 있기에
화를 선물해주고 싶지 않았다.

그렇다.
내가 할 수 있는 복수는
시간이 흘러 '날 정말 사랑했던 사람을 놓쳤다'는
후회를 하게끔 하는 것이다.

그래서 말했다.
"사랑하는 것도 마음대로 되지 않는데,
어떻게 미워하는 게 내 마음대로 되겠어."
어쩌면 세상에서 가장 잔인한 복수는
마지막까지 좋은 사람으로 남는 것인지도 모르겠다.

지금 네 기억 속에
난 어떤 사람으로 남아 있을까?

내 복수는 성공했을까?

가끔 TV를 켜놓고 출근한다.

집에 돌아와
문을 열었을 때
사람 소리가 듣고 싶어서.

어서 와, 밥부터 먹어

너무 조용해서 되레 잠이 들 수 없을 때가 있다.
항상 들리던 시계 소리까지 들리지 않으면
두렵기보다는 이상한 기분에 잠이 오지 않는다.

뭘까?
왜 이렇게 조용한 걸까?

꽉 닫혀 있던 창문을 여니
자동차 지나가는 소리가 들렸고,
시계 약을 갈아 끼웠더니
초침이 돌아가는 소리가 들렸다.

그래도 적막한 것 같아,
TV를 켜고 볼륨을 낮췄다.
이제 좀 잘 수 있을 것 같다.

맞다.

너와 나 사이에도
아무런 문제가 없는 그 순간이 더 무서운 것 같다.

바라는 게 없어진 사이

우린 굳이 말이
필요하지 않았고,

말 없이 눈빛만 봐도
뭘 원하는지 알 수 있었어.

난 그 침묵이 어색하지 않고 좋았지.

하지만 문제는….

너에게 그 침묵은
사랑이 식었다는
신호였던 것.

답답한 차이

지금은 방이 더러워서
초대할 수 없어요.

잠시만 기다려줄래요?

일단 창문부터 열고
쌓인 먼지 좀 털고
거울 좀 닦고
이제 쓰레기만 내다 버리면 될 것 같아요.

음…
지금 열어드리고 싶지만
조금 더 기다려주실래요?
간만에 찾아온 손님이니
요리를 해야 할 것 같아요.
집 안에 향기도 나면 좋을 것 같아요.
꽃도 그리고 음악도.

많이 기다렸죠?
어?
어디 갔어요?

이제야 마음을 열 수 있을 것 같은데

우리가 아직
모든 것에 서툴고
철이 없는 이유를
굳이 꼽자면,
나보다 시간이
빨리 흘러버렸기
때문이 아닐까?

#네가 못나서가 아니야

내가 살면서 가장 부끄러웠던 순간은,
내가 미워하는 걸 당사자는 모르고
날 배려할 때.

그때 난
남 뒷담화나 하는
세상에서 가장 철없고 못난 사람이 됐다.

그러니
화를 내지 않을 거면,
미워하지도 말자.

혼자 미워하는 건
마치 짝사랑을 하는 것과 같다.

상대방은 아무렇지도 않은데,
나 혼자서
사랑하고
미워하고
질투하고
증오하고.
오만 가지 감정에 마음고생하며
전전긍긍하는 모습이.

고백하거나 화를 내거나
둘 중 하나만 하면
끝날 일인데,

나 혼자 착한 척하며
이해해보려
잊어보려 하니
해결이 되지 않는 것 같다.

어려운 일이지만 말해야 한다.
날 위해서 한 글자 한 글자
또박또박 말해야 한다.

이래서 널 미워해.
또는
이래서 널 좋아해.

착하지 않은 우리

당신을 좋아했지, 사랑까진 아니었어요.
그때 그 분위기와 감정에 취해
사랑한다 말했을 뿐이지
사랑은 아니었습니다.

이젠 너무 쉽게 사랑한다는 말을 내뱉는
제가 저도 싫지만 어쩌겠어요.

누군가 그랬어요.
연애는 서로 듣기 좋은
거짓말을 해주는 것이라고.

그래도 제가 말했던 달콤한 말들이
시간이 흘러 진실이 되길 바랐어요.

설사 그러지 않아도 어때요.
그 순간 작은 떨림,
그 감정에 충실하면 됐죠.

우리 솔직해져 봐요.

나도 그렇고
당신도 그렇고
우린 서로 더 좋은
사람을 기다리고 있잖아요.

봐요.

이렇게
너무 쉽게 헤어졌잖아요.
또 아무렇지도 않잖아요.

진실이길 바랐던 많고 많은 연애

간단히 말하면
넌 줄이 그어진 공책이었고
난 줄이 없는 공책이었어.

난 길을 안내해주는
사람이 없어서
삐딱하게 살 수밖에 없었어.

#나라고 똑바로 살고 싶지 않았을까

자주 그랬었다.

왜 편지 한 통 써주지 않느냐고,
그렇게 하루 종일 글을 쓰면서
나에게 편지 한 통 쓰는 것이 어렵냐고.

연애하는 내내 손편지를 써달라는 부탁에도
난 제대로 된 편지 한 통 써주지 않았다.

정확히 말하자면 어려웠다.
수많은 사람들이 보는 글보다
너 한 사람에게 글을 쓰는 게.

또 너를 표현하는 것이,
아니 너에게 내 마음을 표현하는 것이
서툴러서 그랬다.

서툴러서 실수하고,
서툴러서 상처주고,
서툴러서 강한 척 내 마음을 감췄다.

그래서 너에게 편지를 쓸 때면
이제 막 한글을 배운 아이처럼
한 글자 한 글자 떼는 것이 어렵다.

봐,
지금 이 순간에도
마음에도 없는 말로 상처를 줬잖아.

서툴러서

우린 습관처럼 지겹게 싸웠다.
사랑하기 위해 싸웠고,
사랑을 확인하기 위해 싸웠고,
사랑을 보여주기 위해 싸웠다.

아침에 일어나면 양치를 하듯이
우리가 다투는 일은 너무나 자연스러운 일이었는데,
어느 날 네가 말하더라.

"이제 우리에게 끝이 왔어.
내 걱정은 다른 게 아니야. 다시 사랑할 수 있을까가 아니야.
우리가 헤어질 수 있을까, 그걸 고민하고 있어."

난 우리가 싸우는 게,
우리 사랑을 지키는 한 가지 방법이었다고 생각했는데
넌 간신히 버티고 있었다.
싸우고 나서 사랑한다는 말 한마디면,
기도로 회개하듯 온갖 막말들이 용서되는 줄 알았는데
난 널 신으로 착각했나 보다.

우린 평범한 사람이었고,
우리 사랑도 평범했는데.

오해와 착각

왜 항상 잘하려고 하면
실수를 하게 되는 걸까요?

그렇다고 가벼운 마음으로 대하기에는
당신은 나에게 너무나 큰 존재인데.

왜 바보가 되는 걸까요?

참 웃긴 게
사랑이 끝나던 순간은
온전히 내 마음을 다 주었을 때다.

그래서인지
지금은 요령이 생겨
마음을 다 주지 않고,
남겨두거나
나눠주거나.

아등바등하는 지금도
무엇이 올바른 행동인지 모르겠다.

사랑을 지키기 위해
사랑을 주지 않는다니.

과연 이게 맞는 사랑일까?

가능하긴 한 걸까?

서로 사랑한다는 것이.

너무나 어렵다, 사람의 사랑이란

사람들은 참 많은 걸 가졌고
더 가지려고 하루 종일 일하면서
정작 사랑 조금 가지지 못해 괴로워하네요.

그렇죠?

살아 보니 그런 것 같다.
좀 바보 같은 친구가 곁에 오래 남는다는 것과
그 바보 같은 친구도 쉽게 생각하는 순간 떠난다는 것.

돈이 전부가 아니라는 것과
돈이 많아지는 만큼 외로움도 커진다는 것.

사랑은 할수록 모르겠다는 것과
진심으로 사랑을 할 수 있었을 때는
내 주제를 잘 몰랐을 때 가능했다는 것.

인생을 행복하게 사는 방법은 알지만
그렇게 살기에
나는 너무 멀리 왔다는 것.

이제 내 행복의 기준은,
남의 시선을 충족시켜야 하는 사실과
그럴수록 진심인 사랑을 할 수 없게 된다는 것.

남들 눈에 멋진 차
남들 눈에 멋진 애인
남들 눈에 멋진 생활
남들 눈에 멋진 직업

진짜 행복은 늘어지게 자고
부은 얼굴로 일어난 토요일 오후,
이런 모습을 사랑스럽다 말해주며
내가 먹고 싶다 했던 김치찌개를 해주는 사람이
옆에 있는 것인데….

결국 우리는 벗어나질 못할 것이다.
앞으로도 남의 시선을 위해 살아갈 것이고,
남들 시선에 부응하기 위해서
물건을 사고, 입고, 타고, 모을 테지만
언젠가는 알아차리겠지.

지금 내가 살고 있는 삶은
단순히 관심이 부족해서
나를 봐달라는 몸부림이었다는 것을.

돌아갈 수나 있을까?
그러기에는 너무 많이 가져버렸나.

나에게 와서 핀 꽃은 모두 시들어버렸다

아무리 깨끗이 지웠다고 해도
가끔 습관이 말하죠.

#아직도 잊지 못했군요

그 사람이 아니면
아무 의미 없는 것들인데
왜 꼭 흘리고 나서 알게 되는 걸까?

잃고 나서 소중함을 찾는 것은
단지 철이 없기 때문일까?

그럼 난 언제쯤 철이 드는 걸까?
영영 철이 들지 않는 걸까?

결국 난 사랑하는 이들에게
늘 상처만 주며 살게 되는 걸까?

최근 입버릇이 들도록 했던 말이 있다.
내 아픈 세상에 당신이 산다고,
당신에게 하고픈 내 말이다.

날 사랑한 벌로,
내 아픈 세상에 당신이 살고 있다.

그 세상이란,
해가 지지 않아 늘 피곤하며
더운 날 비가 내리지 않고,
추운 날 불을 땔 수 없는,

언제고 쿵쾅대는 소리와 함께
문이 덜컥덜컥 열리는
늘 마음 졸이는 곳이다.

나는 잘 살아보려 했다.
그렇기에 아직도
내 아픈 세상에 당신이 살고 있다 생각한다.

이기적이지만
난 널 놓지 않으련다.
지겹게 사랑하련다.
이윽고 좋은 세상을 꼭 보여주련다.

밤이면 해가 지고
땅이 마르면 비가 내리고
추우면 불을 피울 수 있는
너만이 들어올 수 있는 내 세상을
꼭 너에게 보여주련다.

내 아픈 세상에 당신이 살아

내가 군인일 적 100일 휴가를 마치고 복귀하는 날
할아버지께서 돌아가셨다.

그날 장례식장에서
눈물을 흘리는 아버지의 모습을 처음으로 보았다.

할아버지와 그다지 추억이 없어
눈물이 나지 않았지만,
아버지와 슬픔을 나누고 싶어
애써 슬퍼했던 기억이 난다.

할아버지가 살아온 인생에 비해
장례식장에는 가까운 친인척과
몇몇 아버지의 지인들 뿐이었다.
그들도 늦게까지 머물지 않고 자리를 떠났다.

그렇게 공허한 방 안
홀로 남은 아버지는 영정사진 앞에서
꾸역꾸역 참아둔 눈물을 흘리셨다.
엉엉 소리를 내서 우시는 것도 아니고
그저 고개를 숙이고 훌쩍훌쩍 우시는데,
그 모습이 안쓰러워 보였다.

내 기억에 할아버지와 아버지는
지금의 아버지와 나처럼,

만나도 몇 마디 주고받지 않았다.
하지만 할아버지도 어릴 적 아버지에게
"장하다, 우리 아들!"
"아들이 최고!"
"아빠만 믿어!"
라는 말도 했을 것이고,
자전거 뒤에 태워 낚시도 갔을 터이고,
낚싯바늘에 지렁이를 끼우는 방법도 알려줬을 것이다.
아, 할머니 몰래 용돈도 쥐여줬을 것이다.

아버지가 나에게 그랬듯이….

갑자기 그런 생각에,
시간이 흘러 지금 울고 있는
아버지의 모습이
언젠가 내가 될 거란 생각에,

그제야 장례식장이 떠나가라
엉엉 울었더랬다.

아버지의 아버지

착각하고 있는 것이 하나 있다.

나를 빛나게 해주는 것은
나보다 잘난 사람을 만났을 때가 아니라,

내가 채워줘야 하는 사람을 만났을 때,
비로소 내가 빛날 수 있다는 걸.

그때는 몰랐다.

부족함에 실망하지 않는 방법

이해심이 부족한 것이 아니라
이해력이 부족한 것이었다.
그러니 미련한 사람에게
이해를 바라지 말자.

#마음 편해지는 방법

불분명한 분노에
딱 두 가지 기분만을
가지고 산다.

슬퍼하거나
기뻐하거나.

그건 상처를 치유하지 않고
참거나 잊어버렸기 때문이다.

상처는 꼭 치유할 것

사랑이 시작되면
외로움이 끝날 것이라 생각하는데,

사랑이 시작되면
더 큰 외로움과 싸워야 한다.

\# 이별은 외로움이 더 깊어졌을 때

물론 내 앞에서 친구라며 통화하는
전화기 너머의 남자가
단순히 친구가 아니라는 것
그 정도는 알고 있었다.

그 남자와 통화하는 네 표정은
설레던 우리의 그 시절 모습이 분명했기 때문에.

난 그런 네 모습을 보면서 씁쓸하지만
한편으로는 다행이라고 생각했다.

우리 사이는 미지근하다 못해 식어가고 있었고,
다시 돌릴 수는 있겠지만
난 그만한 노력을 하고 싶지 않았다.

머지않아
역시나 나보다 그 사람이 좋아졌다는 네 말에
난 슬픈 주인공을 연기했지.

"어떻게 네가 이럴 수 있어."
"어쩔 수 없다면 보내줄게."라고….
흔하디흔한 드라마의 대사를 읊조렸다.

어쩌면 나의 행동은
너에게 대항하는 한 가지 방법이었는지도 모르겠다.

널 내 손 위에 놀아나게 만들었다고나 할까?

이런 내 모습이 안쓰럽기도 하고,
너무나 가벼웠던 우리 사랑이 가엾다.
아니 사랑이라 말할 수도 없겠네.

이별에 복수하는
나는 너무 비겁해.

사랑의 끝이 아름다운 경우는 드물다

할 말이 있다는 네 말…

따뜻한 커피숍의 분위기와 달리
너와 난
숙제를 하지 않은 학생과 무서운 선생님 같았어.

어떤 말이 나올지
네 표정이 말하기에,

내 가슴은 쿵쾅쿵쾅 뛰고
입 안은 바싹바싹 마르고,

결국 예의 갖춘 이별 통보에
난 어떤 대답을 해야 할지도 몰라서

애꿎은 냅킨만 반으로 접고
또 반으로 접고
또 반으로 접었는데.
접다 보니 어느 순간부터
더 이상 접을 수 없더라.

그래서 네게 말했어.
"내가 더 잘할게."

#내 마음도 접을 수 없으니까

묻히지 않으려고 조심했건만
검은 잉크는 내 손에 닿자마자
손바닥 주름을 타고 흘러들었다.

마치 길이라도 찾은 것처럼
휴지로 닦아내도
주름 사이로
이리저리 자리를 찾아간 잉크들은
내 손금을 훤히 보게 만들었다.

세상 사는 것도
마찬가지 아닐까?

이리저리 피하며 아슬아슬하게 살아왔지만
발을 헛디뎌 실패를 했어도,
실패 후 보지 못했던 것들을 보게 된다.

그것이 무엇이 됐든,
당신이 보게 될 것은
분명 값진 것이라 믿는다.

\# 허망해지는 순간에

당신을 미워하지 않겠습니다.
그리고 이해하겠습니다.
그것도 안 된다면 잊어보겠습니다.

물론 저를 위해서.

어쩔 수 없어

퇴근길,
걷는데
그날따라 기분이 좋았다.

그래서 팔도 한번 쭉 펴보기도 하고,
약간 흘러내린 가방끈을 걷어올리며
조금 빠른 걸음으로 걸었다.

이렇게 기분이 좋은 이유는
날씨가 정말 좋았고,
이어폰에선 좋아하는 음악이 흘러나오고,
밤하늘 별도 보였다.

그리고
더 이상 네 안부가
궁금하지 않았다.

이제야 너에게서 벗어났구나

그 사람,
거짓은
없었어.

#이렇게 기억되길

행복해 보이는 널 만나면
네 행복이 내 것이 될 줄 알았지.

마치 너라는 영화 필름을
나라는 영사기에 넣고 돌리면,
코미디 영화가 나올 줄 알았어.

하지만 코미디 영화는
점차 스릴러로 흘러가더니
결국 새드엔딩으로 마무리되더라.

그때 알았어.

남의 행복을 빌어서
나 자신이 변할 수 없다는 것을.

행복은 남에게서 얻는 게 아니라
내 안에서 찾아야 한다는 것을.

널 만나면 행복하겠지?

하긴 사랑이란 순수하게
타인의 행복을 바라는
말도 안 되는 일이니까.

설사 헤어졌다 하더라도

그림 |
Camille Monet on Her Deathbed,
1879, Claude Monet

모네는 죽은 아내를 그렸다.
충분히 울었을까?
충분히 울었을 거라 생각한다.

비처럼 흘러내리는 붓터치는
어찌할 수 없는 세상의 이치를 원망하듯 보였다.

색은 화려했지만 충분히 어두웠고,
붓터치는 일정했지만 멀리서 보면 복잡하고
담담하지만,
그립고
또 그리워 보였다.

모네의 아내는 마지막이 다가오기 전
모네에게 이런 말을 했을 것 같다.

어쩌면 세상을 떠나는
나를 그려 달라고 했을 것이다.
내가 없어도 그림을 계속 그리라고 했을 것이고,
당신 그림 속에 남아 영광이였단 말도 했을 것이다.

그리고 마지막 입맞춤을 하지 않았을까?

왜 우린
얼마나 더 좋은 사람을 만나려고
아직도 이토록 아름다운 사랑을 하지 못하고 있나.

할 수 있는데 하지 않는 것이다.
사랑은 누구에게나
주어진 아주 공평한 선물이니까.

사람을 계산해서 따지고 또 따지고,
더 좋은 사람이 나타나지 않을까 하는 마음에
사랑해도 마음을 다 주지 못하는
내가 너무나 한심스러웠다.

사랑할 가치도 없는 나

넌 첫눈처럼
내게 왔지만
내 마음에
쌓이진 않았다.

\#첫눈에 반한 사랑들

너의 집에 있던 내 물건들을
택배로 보냈다는 문자가 왔다.

"기사님이 택배함에 넣어두었대, 꺼내 가"

늦은 저녁 퇴근해 아파트 입구에 들어서니
택배함이 눈에 들어왔다.

무시하고 발길을 돌려 집으로 올라가버렸다.
박스 안에 물건들은 어느 정도 예상된다.
빌려줬던 노트북이나
내가 너의 집에서 쓰던 로션,
그리고 옷가지들.

어쩌면
내가 너에게 안 좋은 추억으로 남았다면,
내가 선물했던 물건들도 있을 수 있겠다는 예상을 했다.

하루가 지나고 이틀이 지나도
난 택배함을 열지 않았다.

그래,

사실 열어볼 자신이 없었다.

출퇴근을 할 때마다
내 시선을 사로잡던 택배함을 열지 않고
그대로 둔지 석 달이 지났다.

그러던 토요일 오후
택배함을 열었다.
이제는 괜찮을 거라는 생각에….

비교적 큰 상자에,
네 성격만큼 꼼꼼하게
포장되어 있는 상자가
눈에 들어왔고,

아니나 다를까
내가 예상했던 대로
노트북, 칫솔, 로션, 옷가지들
그리고
내게 주었던 선물들이 잘 포장되어 들어 있었다.

순간 늦게 열어본 것이
후회로 밀려오며,
감정이 복받쳐 엉엉 울어버렸다.

곰팡이 슨 옷을 꺼안고
네 향을 찾으려 안간힘을 쓰는

내 모습이 추해보이지도 않았다.

그저 물 한 모금 못 먹고 사막을 걷다
오아시스를 발견한 사람처럼
나는 그저 네 흔적을 찾고 싶었을 뿐이다.

어쩌면
그동안 너를 잊어간 것이 아니라
그동안 참 잘 참아왔던 것이다.
그리고 열지 말아야 할 박스를 열어버린 것이고.

이제 영영 잊지 못할 것 같은 생각에 공포가 밀려올 것이고,
숨을 못 쉬게 되어 죽지는 않을까 하는 두려움에 빠질 것이고,
한동안은 영원한 우울 속에 살게 될 거란 착각에 빠질 것이다.

지독한 홍역이 시작되었다.

이별의 시작

헤어짐을 앞둔
한 여자가 있다.

맞아요,
그땐 그랬었죠.

헤어짐을 예감하던 날,
예쁘게 보이려
한겨울에도 치마를 입고
정성 들여 화장을 하고 갔죠.

예쁜 모습에 다시 한 번 생각하게 될까 봐,
아니 예쁜 모습으로 기억되고 싶어서.

결국 우린 헤어졌지만 사랑이란 건
어쩌면 끝나는 순간까지
마음을 얻기 위해
최선을 다하는 것 아닐까요?

사랑이란 건,
그런 것 아닐까요?

잘 지내죠? 잘 지내요